文庫

# 傍《はた》迷《めい》惑《わく》な人々　サーバー短篇集

サーバー

芹澤恵訳

kobunsha
classics

光文社

THE THURBER COLLECTION
by
James Thurber
edited by Kobunsha



Japanese edition published by arrangement with
Rosemary A. Thurber c/o The Barbara Hogenson Agency, Inc.
through The English Agency （Japan） Ltd.

# 『傍迷惑《はためいわく》な人々　サーバー短篇集』目次

# 傍《はた》迷《めい》惑《わく》な人々　サーバー短篇集

# 家族の絆

「家族の絆」……と呼んでしまっていいのでしょうか？ ジェイムズ・サーバーは一八九四年、オハイオ州コロンバス生まれ。古き良きアメリカの中西部で少年時代を過ごしたはずなのに、その日々が大騒ぎと大混乱に華々しく彩られているのは……そう、彼には〝家族〟がいたから。

## ベッドな夜

オハイオ州コロンバスで過ごした、ぼくの少年時代で、ひとつの頂点に到達したと言っても過言ではない出来事といえば、父のうえにベッドが倒れてきた夜のことだろう。そのときのことは、こんなふうに文字で綴《つづ》るよりも、口頭で語るほうが――ぼくの友人たちがこぼすように、同じ話を五回も六回も聞かされるのでなければ――はるかにおもしろいものになると思う。というのも、実際に家具を放り投げたり、ドアを揺さぶったり、犬の吠え声を真似したりして効果音を加えないと、しかるべき雰囲気やそれらしき迫真性がうまいこと伝わらず、どうしても、ありそうもない話と思われてしまうからだ。しかしながら、お断りしておくが、これは実際に起こった出来事である。

その夜、父は家族の者から離れたところで考えごとをしたくて、ひと晩だけ屋根裏部屋で寝ると言い出した。母はこれに断固、反対を唱えた。屋根裏部屋の古い木のベッドは危ない、というのが、その理由だ。脚がぐらぐらしているので、壊れるかもしれないし、もし壊れたりしようものなら、重たいヘッドボードが倒れかかってきて頭をつぶされて死んでしまう、と言うのである。だが、父を思いとどまらせることはできなかった。午後十時十五分過ぎ、父は屋根裏にあがるドアを閉め、狭い螺旋《らせん》階段をのぼっていった。しばらくして、ぎしっという不気味な音がした。父がベッドに潜りこんだようだった。祖父が家にいるときは、屋根裏部屋のベッドには祖父が寝ているのだが、そのときは数日まえから出かけていた（そういうとき、祖父はたいてい六日から八日間ほど留守にして、帰ってきたときはたいてい不機嫌でぷりぷりしていて、北部連邦軍を率いてる連中は揃いも揃って石頭のこんこんちきどもばかりだ、とか、そもそもポトマック軍[1]のようなへべれけのへろへろどもに勝ち目などあるわけがない、とか、黴《かび》が生えたような〝ニュース〟をまくしたてるのである）。

たまたまその晩は、いとこのブリッグズ・ビールがわが家を訪ねてきていた。ブリッグズは神経質なやつで、眠っているあいだに呼吸が止まりそうになると信じ込んでいるものだから、寝ているあいだ、一時間おきに起こしてもらわないと、窒息して死んでしまいそうな気がすると言うのだ。それで、朝まで何度も何度も目覚まし時計をセットするわけだが、それだけはやめてほしいと説得して、なんとかやめてもらった、という経緯がある。ブリッグズは、うちに泊まりにきたときはぼくの部屋で寝る。ぼくは眠りが浅いたちだから、同室に寝ている人間が息を詰まらせたりすればすぐに眼を醒ますだろうし、気がついたら、すぐに起こしてやるから心配ない、と言ったのである。

最初の晩、案の定、ブリッグズは〝試験〟をしてきた。ぼくの規則正しい寝息を聞いてぐっすりと眠り込んでいると思ったのだろう、いきなり息を止めて、ぼくが気づくかどうかを試したのである。ところが、こっちは眠ってなどいなかったので、すかさず声をかけてやった。それでどうやら、ブリッグズの恐怖心もいくらかなだめられたようだったが、それでもまだ用心のため、枕元の小さなテーブルにカンフルチンキを入れたグラスを置いていた。もし声をかけられたぐらいでは起きられなくて死の一

1　南北戦争時の北軍の部隊。少数の正規軍のほかは、この戦争が短期間で終わると思われていたため観光気分で入隊した志願兵の寄せ集めだった。

歩手前までいってしまった場合でも、カンフルチンキを嗅《か》げば強力な気付け薬となって、はっと意識を取り戻すだろうという目論見《もくろみ》だ。

実はこの一族には、こういう一風変わった思い込みの持ち主が、ブリッグズ以外にもいる。もう年寄りの部類に入るであろうメリッサ伯母も——ちなみにこのメリッサ伯母という人は、男勝りに指を二本くわえて、ピーッと甲高《かんだか》く鳴らすことができた——自分はサウス・ハイ・ストリートで死ぬ運命にあるのではないかという予感を抱《いだ》いていて、それに悩まされていた。その根拠は、生まれたのがサウス・ハイ・ストリートで、結婚したのもサウス・ハイ・ストリートだったから、というのである。

それから、セアラ・ショーフ伯母も、夜寝るときになると決まって、強盗が押し入ってきて寝室のドアのしたから管《くだ》でクロロフォルムを流し込むのではないか、と怯《おび》えていた。その予防措置として——セアラ伯母としては家財道具を盗まれるよりも、麻酔薬を嗅がされるほうを恐れていたので——寝室を出てすぐの、まさにドアのまん前に現金やら銀の食器やらその他もろもろの金目のものをきちんと積みあげて、こんなメモをつけていた——『これがわたしの全財産です。どうぞお持ちください。その代わり、クロロフォルムは使わないでください。本当にこれだけしかないのです』

グレイシー・ショーフ伯母も、泥棒恐怖症にかかっていたが、この伯母の場合はもう少しガッツがあった。グレイシー伯母は過去四十年間、毎晩泥棒に入られていると信じていて、盗《と》られたものがひとつもなくても、そんなものは泥棒が入らなかったという証拠にはならないと言い張る。何も盗られずにすんでいるのは、先手を打って廊下に靴を放り投げてやるので、さしもの泥棒も恐れをなして逃げていくのだ、というのである。そんなわけで、グレイシー伯母は、寝るときになると家じゅうの靴を集めて、すぐに手の届くところに積みあげておくのだ。で、灯りを消して五分もすると、ぱっと起きあがって「しっ、ほら、聞こえない?」と言う。

この伯母の連れ合いは、一九〇三年に知らん顔をするという術《すべ》を学び、以降はそれで押し通している。たいていはぐっすりと熟睡しているか、ぐっすりと熟睡しているふりをしているかのどちらかで、いずれの場合にしても、どんなに揺さぶられようとも、引っ張られようとも、決して相手にならないのだ。すると、じきにグレイシー伯母はひとりベッドを抜け出し、抜き足差し足でドアのところまで進み、ドアを細く開けて、片方の靴を右に、もう片方を左に放り投げるのである。日によって、集めた靴を全部放ってしまうこともあれば、二足だけですませる晩もあったようだ。

さて、だいぶ脱線してしまったが、父のうえにベッドが倒れてきた夜の、驚くべき顛末《てんまつ》に話を戻そうと思う。ほかの家族の者も、日付が変わるまでには全員、床に就いていた。その後の出来事を理解していただくためには、寝室の配置と各人各様の人となりについて説明しておくのが肝要だろう。二階のおもての寝室には――ちなみに、この部屋は父の寝ている屋根裏部屋の真下に当たるのだが――母と、兄のハーマンが寝ていた。兄はときどき寝言で歌を歌う。歌うのは、たいてい〈ジョージアを越えて〉か〈見よや十字架の旗高し〉かだ。その隣の部屋にはブリッグズ・ビールとぼくが寝ていた。廊下をへだててその向かい側は弟のロイの寝室で、わが家の飼い犬、ブルテリアのレックスは廊下に寝ていた。

ぼくのベッドは、軍隊で使っているような簡易寝台で、ふだんは両端が伸張式テーブルの垂れ板のようにしたに折りたたまれているが、それを引きあげて真ん中の部分と同じ高さにすると、どうにか楽に寝られるだけのスペースが確保できる、という代物だった。寝ているときに、あまり端のほうまで転がっていくのは危険だ。ベッドがひっくり返り、転がっていった当人のうえに、すさまじい物音とともに覆いかぶさるという事態になりかねないからだ。そして、問題の夜、時刻は午前二時ごろ、まさに

日によっては、集めた靴を全部放ってしまった。

その事態が実際に発生したのである（あとになってそのときのことを思い出し、「お父さんのうえにベッドが倒れてきた夜」とまっさきに命名したのは、母だった）。ぼくは眠りが深いほうで（この点については、つまり、ブリッグズには嘘をついたわけだ）、寝起きについても決して寝聡《いざと》いほうではないので、傾《かし》いだベッドがぼくを床に投げ出し、鉄のフレームがうえからかぶさってきても、初めのうちはまるで気づかなかった。ベッドのフレームはぼくのうえにすっぽりと、ちょうど天蓋のように覆いかぶさっていたので、ぼくはまだぬくぬくとしていられたし、痛くも痒《かゆ》くもなかったのである。そんなわけで眼を醒ますこともなかった。おそらく、ほんの一瞬だけうつつの境まで行きはしたものの、すぐにまた夢路に逆戻りしてしまったのだろう。

ところが、隣の部屋で寝ていた母は、この物音ですぐさま眼を醒まし、とっさに、最も恐れていたことがついに起こったという結論に飛びついた。つまり、屋根裏部屋の大きな木のベッドが父のうえに倒れてきたとひとり早合点をしたのである。そこで、母は声を限りに叫びはじめた――「たいへんよ、お父さんがたいへん！」

母と同じ部屋で寝ていたハーマンは、ぼくのベッドが倒れた音ではなく、母のこの叫び声で眼を醒ました。母がどういうわけかヒステリーを起こしたと思ったのだ。

「大丈夫だよ、母さん」母を落ち着かせたくて、ハーマンも声を張りあげた。そうしてふたりは、おそらく十秒ほど、「たいへんよ、お父さんがたいへん！」「大丈夫だよ、母さん」と叫びあっていたものと思われる。それで、今度はブリッグズが眼を醒ました。

そのころには、ぼくも、ぼんやりとではあったが、何やら騒がしいことに気づいてはいたが、それでもまだ自分がベッドのうえではなく、したに寝ていることまではわかっていなかった。恐怖と気遣いのことばのにぎやかすぎる応酬で眼を醒ましたブリッグズは、てっきり自分が息を詰まらせたので、〝息を吹き返させるため〟うちじゅうが大騒ぎをしているのだと、これまたひとり早合点をした。

ひと声低くうめくと、ブリッグズは枕元のカンフルチンキのグラスをひっつかみ、樟脳《しょうのう》の臭《にお》いを嗅ぐものと思いきや、なんと、頭から浴びたのである。部屋じゅうに、樟脳の強烈な臭いが立ちこめた。「うぐぐっ、むぐぐっ」ブリッグズは溺れかけた人のような、声にならない声をあげている。気付け薬のあまりにも刺激的な香りで、あやうく本当に息が詰まりかけたのだ。ブリッグズはベッドから飛び出し、開けておいた窓のほうに手探りで進んだが、伸ばした指先に触れた窓は閉まっていた。ブリッグズは、素手で窓のガラスを割った。がしゃんという派手な音に続いて、割れたガラスが下の路地に落ちた遠い音まで、ぼくの耳にも聞こえた。

その時点でようやく、ぼくは起きあがろうとして、なんとも表現しようのない不気味な感覚に襲われた。ベッドがぼくのうえにあるじゃないか！　寝ぼけた頭で今度はこのぼくがひとり早合点する番だった。この前代未聞の危機的状況としか思えない事態からぼくを救い出すべく、うちじゅうが上を下への大騒ぎになっているのではないかと思ったわけだ。

「お～い、出してくれ～！」声を振り絞って、ぼくは叫んだ。「ここから出してくれ～！」まだ半分寝ぼけていたものだから、鉱山で生き埋めになった悪夢にでもうなされていたのかもしれない。

そのあいだも、カンフルチンキにむせたブリッグズは「うぐぐっ、むぐぐっ」と咽《の》喉声《どごえ》をたて、今にも息を詰まらせそうになっている。

ちょうどそのころ、母はまだ大声を張りあげながら、同じくまだ大声を張りあげているハーマンにせっつかれ、ベッドの残骸のしたから父を救出するべく屋根裏部屋にあがる階段のドアを開けようとしていた。だが、ドアはかたく閉ざされたまま、開く

眼を醒ましたブリッグズは、てっきり自分が息を詰まらせたのだとひとり早合点。

気配もない。母は死にものぐるいで、何度も何度もドアを引っ張った。その奮闘ぶりが、それでなくとも混乱し、大騒ぎになっている周囲の状況にさらに拍車をかけた。ロイと犬も眼を醒まし、前者はなんの騒ぎかと怒鳴り、後者はわんわんと吠えたてている。

それまで騒ぎから誰よりも遠く、誰よりもぐっすりと熟睡していた父も、屋根裏部屋にあがるドアを叩く音でさすがにもう眼を醒ましていた。父はてっきり火事だと思ったそうだ。「わかった、今行く。今行くから！」父としては大声で叫んだつもりだったようだが、まだ眠りの名残を引きずっていたものだから、気の抜けたような、やけに哀しげな声になってしまったらしい。ちなみに、父が完全に眼を醒ますには、それからさらに数分の時間を要した。母はそのときもまだ、父はベッドに押しつぶされたのだと確信していたから、父のそのことばを「今逝くよ」という、今しも天に召されようとする人の哀しいあきらめのことばだと思った。

「たいへん、死んじゃうわ！　早くしないと死んじゃう」と母は叫んだ。

「ぼくは大丈夫です」ブリッグズは、母を安心させようと大声を張りあげた。「大丈夫ですから！」そのときもまだ、自分が死にかかったものだから母が心配してくれて

ロイは慌ててレックスを投げ飛ばすようにして引き離し、押さえ込んだ。

いるのだと信じて疑わなかったのだ。

そうこうするうちに、ぼくはようやくベッドのしたから這《は》い出し、壁のスウィッチを探り当てて部屋の灯りをつけ、ドアを開けてブリッグズともども、屋根裏部屋にあがるドアのまえに集まった面々に合流した。そのとき、ブリッグズを天敵と目している犬のレックスが、いきなり彼に飛びかかった。ブリッグズこそが、この騒ぎの元凶だと思ったのかもしれない。ロイは慌ててレックスを投げ飛ばすようにして引き離し、押さえ込んだ。

上階《うえ》では、父がごそごそと物音を立てている。ベッドから這い出そうともがいているのかもしれない、とぼくたちは思った。ロイが渾身《こんしん》の力を込めて把手《とって》を引っ張り、ようやくドアをこじ開けたところに、ちょうど父が階段を降りてきた。いかにも眠そうで、ご機嫌も斜めだったが、生命に別状はなく、怪我もしていない。そんな父の姿を見ると、母はわっと声をあげて泣きだし、レックスは遠吠えをはじめた。

「いったい全体、なんなんだ、この騒ぎは?」と父が尋ねた。

そこでようやく、巨大なジグソーパズルのようにひとつひとつの出来事がつなぎあわされて、ことの全容がわかった。父が裸足《はだし》で歩きまわって風邪を引いたことを除けば、特に困ったことは何もなかった。母はいつでも、ものごとの明るい側面を見る人なので、この夜のことをこんなふうに言っている——「それにしてもよかったわねえ、お祖父《じい》さんが留守のときで」

# ウィルマ伯母さんの損得勘定

ぼくが子どものころ、オハイオ州コロンバスの市《まち》の、中央市場と呼ばれる地区の、タウン・ストリートの南側で、四丁目の通りから東に入ってすぐのところに、ジョン・ハンスのやっている食料雑貨店があった。当時でも——今からもう四十五年もまえのことだが、そうとう古ぼけた店で、広々とした店内のオーク材の床も、親子三代にわたる買い物客が出入りするうちに、あまたの靴底にこすられて磨《す》りへり、ちょうどいい具合に磨きがかけられて滑らかになっている、といったような、そんな店だった。店内はいつも、コーヒーと薄荷《はっか》と酢といろいろな香辛料の匂いがした。ドアを入ってすぐ左側の、前面が丸く張り出したガラス張りの陳列ケースには、昔ながらの駄菓子の類《たぐい》が——グミとか甘草キャンディとか薄荷糖《はっかとう》とかその他もろもろが並んでいて、なかには少々古くなって色が褪《あ》せたものも混じっていたりした。奥の壁には胡瓜の酢漬け《ディル・ピクルス》の大樽と塩漬けの鯖《さば》の小樽のあいだに、鉄のコーヒー碾《ひ》きが置いてあって、ぼくはときどきそのハンドルを回させてもらったものである。

一度だけ、店主のハンスさんにユカタン印のチューインガムを貰《もら》ったことがある。一セントを笑う者は一セントに泣く、と考えるハンスさんにしては、驚くべき気前のよさだった。〝爪に火を灯す〟、それがジョン・ハンスの信条なのだ。当然のことながら、店は掛け売りはお断り、現金払いのみ。共用電話の料金も隣のヘイズ馬車店と折半にしていた。

店の西側の壁には隣との窓のようなものが造ってあって、木箱のなかに取りつけられた電話機が、木箱ごとぐるっと回転する仕組みだった。ぼくは当時十歳ぐらいで、土曜日の午後はたいていハンスさんの食料雑貨店に出かけていって、店のなかでぶらぶらしながら長いことねばり、その電話機がぐるっとまわって壁の向こう側に消えていくところを、なんとかこの眼で見ようとしたものだ。そして、いったん壁の向こう側に電話機が消えてしまうと、今度はそれがまたぐるっとまわって出てくるのを待つのである。子どもの眼にはまるで魔法のように思えたものだから、その仕掛けが導入されたきわめて実際的な理由——月に何ドルかを節約するため——を知ったときには、たいそうがっかりしたものだ。

ハンスさんは七十歳に手が届こうかという年齢で、背が低く、髪も口髭《くちひげ》も真っ白で、今何事をも見逃さない鋭い眼の持ち主だった。ハンスさんよりも鋭い眼の持ち主は、今考えてみても、うちの伯母のウィルマ・ハドスンぐらいしか思いつかない。ウィルマ伯母さんは南六丁目に住んでいて、いつもハンスさんの食料雑貨店で買い物をしていた。

ハンスさんの眼はブルーで、その眼でじっと睨みつけられると相手は思わずすくみあがってしまうほどの威圧感があった。ウィルマ伯母さんの眼は黒瑪瑙《くろめのう》のような焦茶色で、ひとつところにじっとしていることがなく、その眼を向けた相手のあらや欠点を容赦なく暴いてやろうとする気迫があった。教会の礼拝に出たときなど、会衆席に集《つど》った人たちをその鋭い視線で撫《な》で斬りにして、不信心者はいないか、世俗的な心配事に、もしくはもっと罪深い肉欲的な思い煩《わずら》いにふけっている男なり女なりはいないか、ひとりひとりの表情を検《あらた》めるのだ。そして、ひとたび罪人を見つけようものなら、義憤のあまり、太くて濃い眉をぐっと引きさげ、唇をきつく引き結んでみせたものだ。ウィルマ伯母さんはことほどさように、真昼のごとく明けっぴろげで一本気だったが、

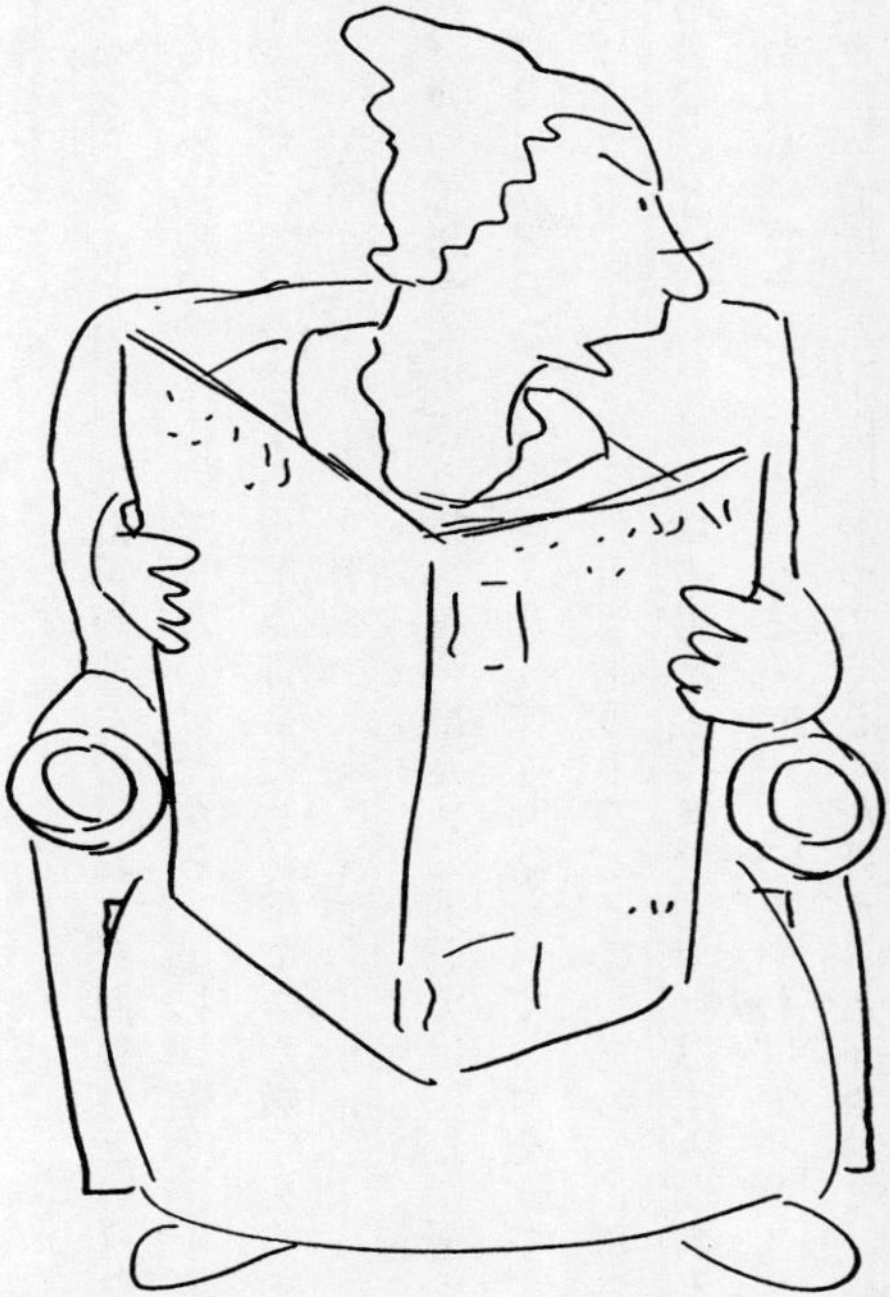

伯母さん言うところの〝損得勘定〟のこととなると、これが闇夜のごとく真っ暗になってしまうのである。そんな伯母さんとハンスさんのあまたの小競《こぜ》り合いは、わが一族の語り種《ぐさ》となっている。

そもそもハンスさんという人は計算が速くて、およそ間違うということがなかった。五十年近くも日々実地で鍛え抜いてきたわけだから、足し算程度なら数字の列にちらりと眼をやっただけで、たちまち正解を弾《はじ》きだし、出てきた数字を空《から》の紙袋にちびた黒い鉛筆で、ささっと手早く書きつけていくのである。

だが、ウィルマ伯母さんのほうは〝損得勘定〟に関しては、ただ労のみ多くして、これがさっぱりはかどらない。眼鏡を鼻先にずり落として、声を立てずに唇だけ動かして読みあげながら、数字の列を何度も何度もたどるのである。伯母さんにとってはすばやい暗算などというものは、世の男どもの無分別で軽はずみな数々の行動と同列で、神をも恐れぬ所業ということになるらしい。そんなわけでハンスさんは、ふと顔をあげたときに、伯母さんが店に入ってくるのが見えると、たいてい溜め息を洩《も》らすのだった。何しろ伯母さんにかかると、ほんの一ドル程度の金銭のやりとりが、曖昧《あいまい》模糊《もこ》とした神秘の領域に持ち込まれてしまうことを身を以《もっ》て知っており、またそうなる原因が、伯母さんひとりが混乱し、わけがわからなくなってしまうことにある、という点も重々承知していたからだ。

一九〇五年のある日、ハンスさんの計算とウィルマ伯母さんの〝損得勘定〟とが激突し、末代までの語り種となるほどの一騎打ちを繰り広げた。ぼくはその現場に居合わせるという幸運に恵まれた。その日、伯母さんは、買い物が多くてひとりではとても運びきれなくなりそうだから、というのを口実にぼくを丸め込み、荷物持ちに徴用した。伯母さんには、ぼくと同じ年頃の孫息子がふたりいるのだが、ぼくが訪ねていったときには、ふたりともすでにまんまと姿をくらましていて、それでウィルマ伯母さんはさっそくぼくをひっつかまえた、というわけだった。〝若いもん〟は——伯母さんにかかると、十七歳以下なら誰でもそう呼ばれることになるのだが——家の手伝いもしないようでは、ただのごくつぶしでしかない、と言うのである。

実は以前にも、伯母さんの買い物のお供を仰《おお》せつかったことがあるので、伯母さんには土曜日の午前中に必ずまわる通い慣れた順路があることを知っていた。土曜日になると、四丁目の通りには、メイン・ストリートの角《かど》からステイト・ストリートの角までずらりと、野菜を扱う露天商が店を並べる。そこで売られているものは、当時にしても破格の安値だったが、それでもウィルマ伯母さんは何を買うにもいちいち、値段と品質と目方を問いただささずにはすまさない。そうやって、うんざりするほどたっぷりと時間をかけて、近在で取れた新鮮な農産物を仕入れると、今度は東に進路を取り、タウン・ストリートに入ってハンスさんの食料雑貨店に向かうのだが、そのころになるとぼくの腕もそろそろ、買い物籠《かご》の重みで悲鳴をあげはじめている。だが、ウィルマ伯母さんは容赦がない。「さあ、ほら、何をぐずぐずしているの。こっちよ、こっち」。伯母さんの眼は輝いている。アメリカ中西部の一家の主婦が、商業界の送り込んでくる邪悪なる勢力を相手に、どこまでも粘り強く、勇猛果敢に戦い抜く覚悟のようなものが浮かんでいる。

さて、その日、ウィルマ伯母さんが店内に一歩、足を踏み入れたとたん、ハンスさんの右手がぴくっと動いたのを、ぼくは見逃さなかった。ちょうど別のお客さんの買い物がすんだところだし、店員はほかのことで手がふさがっているので、これは面倒なことになったと思ったのだろう。ウィルマ伯母さんが必要な食料品を選び終わるまでに、たっぷり三十分ほどかかったが、それでもようやく、必要とするものの袋やら缶やら箱やらが残らずカウンターに積みあげられた。ハンスさんは紙袋と鉛筆を手元に引き寄せると、物慣れた手つきで品物をひとつずつ買い物籠に入れながら、その値段を書きつけていった。その無駄のない動きを、ウィルマ伯母さんは食い入るように見つめている。たとえるなら、そう、熱心な野球ファンが、贔屓《ひいき》のチームが攻撃中に内野で敵方が失策をやらかさないものか、と待ち構えているときのような眼つきで。伯母さんの考えでは、手先が機敏に動く人というのは感心すべき対象ではなく、こずるく立ちまわられないよう警戒すべき相手、ということになるらしい。

ウィルマ伯母さんの買い物は、締めて九十八セントだった。ハンスさんはウィルマ伯母さんの人となりを多少なりとも知っていたので、伯母さんが自分の眼で合計金額を確認できるよう、数字を書きつけた紙袋の向きを変えて伯母さんのまえに押しやった。伯母さんは前屈みになり、眼鏡越しに眼を凝らして、長々と時間をかけた末に、ようやく渋々ながらハンスさんの〝損得勘定〟にまちがいがないことを認めた。それからさらに、念には念を入れて、何度か合計金額を確認するのだ。伯母さんは声を出さず唇だけ動かしながら、三度目の足し算に取りかかった。そのあいだ、ハンスさんは両手をカウンターに置き、左右の掌《てのひら》を表面にぺったりと押しつけるようにして、辛抱強く待っていた。伯母さんの唇の動きに魅せられていたのかもしれない。

「ええと、どうやらまちがいはないようね」ウィルマ伯母さんはようやく言った。「でも、ずいぶん高いこと」。とはいうものの、一ドルにも満たないこの買い物で、伯母さんの買い物籠には、はちきれそうなほどぱんぱんにものが詰まっているのである。伯母さんはハンドバッグから財布を取り出し、一ドル紙幣を一枚引き抜いて、ゆっくりとハンスさんに手渡した。まるでここで手放してしまったら、もう二度とお目にかかれないとでもいうような惜しみっぷりだが、決して百ドル紙幣を渡すわけではないのである。

ハンスさんは、今度もまた物慣れた手つきで、キャッシュ・レジスターのキーを正確に叩き、表示窓の赤い矢印が$.98を示した。手前に飛びだしてきた抽斗《ひきだし》のなかを、ハンスさんはしばしのぞき込み、「おや、まあ」とつぶやいた。それから、「ふむ」とひと声うなり、「どうやら小銭を切らしてしまったようだ」と言った。そして、ウィルマ伯母さんのほうに向きなおって「三セントお持ちじゃないでしょうか?」と尋ねた。

そのひと言で、戦いの火蓋が切られた。

　ウィルマ伯母さんは不信感を剝《む》き出しに、鋭い視線を投げつけた。例の日曜日の礼拝用の、疑惑の眼差《まなざ》しというやつだ。「そちらが二セント、お釣りをくださるんですよ」伯母さんは語気鋭く言った。

「ええ、承知してますよ、ハドスンさんの奥さん」ハンスさんは溜め息をついた。「だけど、あいにく、細かい釣り銭を切らしてましてね。それで、あと三セントいただいて、五セント硬貨でお釣りを差しあげよう、ということなんです」

　ウィルマ伯母さんは警戒をゆるめず、相手の顔を睨みつけた。

「計算はあってるよ、伯母さん。あと三セント渡して五セント貰えばいいんだよ」ぼくは横から口を挟んだ。

「お黙り」とウィルマ伯母さんは言った。「今、損得勘定してるとこなんだから」。それからしばらくのあいだ、伯母さんの損得勘定は続いた。伯母さんの唇がまた声もなく動きはじめた。

　ハンスさんはレジスターの抽斗から五セント硬貨を取り出して、カウンターに置いた。「この五セント玉を差しあげます」とハンスさんはきっぱりと言った。「そうすると、そちらから、三セントいただかなくてはならなくなります」

ウィルマ伯母さんは財布の中身をさんざっぱら突《つつ》きまわしたあげく、ようやく一セント銅貨を三枚見つけて、一枚ずつ慎重に拾いあげ、カウンターのうえの五セント硬貨の隣に並べた。ハンスさんが手を伸ばしてそれを取ろうとしたが、伯母さんの動きのほうが速かった。骨張った手で、すかさず八セント分の硬貨を押さえたのである。「お待ちなさいな、ちょっと！」伯母さんはそう言って、かぶせていた手をゆっくりと引っ込めた。そして、四枚の硬貨をじっと見つめ、眉間《みけん》に深い縦皺《たてじわ》を寄せた。トランプのブリッジで難しい手を見せられたとでも言うように、うえの前歯で下唇を軽く嚙みしめている。「もし、こちらが十セント、差しあげて——」少しして伯母さんは言った。「——この八セントをいただくとしたら……だって、そちらが足りないのは二セントでしょ？」

ハンスさんは次第に困惑の表情を隠せなくなった。お客さんのなかにも、おもしろがりはじめた人がちらほらといて、横目でこちらの様子をうかがっている。「いや、いや」とハンスさんは言った。「それでは、こちらが七セント丸儲けということになってしまいますよ」

ここで状況は一気に、ウィルマ伯母さんの手には余るものとなった。どこからともなく、いきなり降って湧いたように、七セントなどという不可解にしてわけのわからない新たな金額が眼のまえに立ちはだかったのである。しかも、それをあやうく自分のほうから差し出そうとしたのだと思うと、それだけでもう伯母さんは激しく動揺してしまった。強打を喰らってグロッギー状態になったボクサーのように、伯母さんは一瞬、眼を宙に泳がせた。ハンスさんも、ぼくも発言は控えた。これ以上、話をこんがらがらせないための配慮である。そのうち、伯母さんの右手がおずおずと動きだした。これはもしや、損を恐れるあまり、そこに一セントだけ残して、一挙に七セントをかっさらうという戦法に出るつもりか——ぼくは一瞬、本気で気を揉《も》んだが、さすがにそれは杞憂《きゆう》に終わった。伯母さんはじっと黙り込むことで、クリンチ状態に持ち込んだ。少しして、伯母さんの眼がきらりと光った。

「あら、なんだ、そういうことだったのね」伯母さんは晴れやかに叫んだ。「あたしったら、どうかしていたわ。この八セントはそちらに差しあげます。で、こちらに十セントくださいな。それで、足りなかった二セントが、ようやくいただける、でしょ?」

男のお客さんが、声をあげて笑った。ウィルマ伯母さんはすばやくそちらに顔を向け、きっとひと睨みして、たちまちその男を黙らせた。この牽制《けんせい》攻撃のあいまを利用して、ぼくは暗算をしてみた。ハンスさんはさっきはもう少しで七セント丸儲けするところだったが、今度は逆に五セント損をすることになる計算だった。

「ハドスンさんの奥さん、それではこちらが五セント、まるまる損をすることになってしまいます」ハンスさんは堅苦しく言った。それから数秒間、どちらも身動きひとつしないで、互いに睨みあった。眼力で相手を負かそうとしていたのかもしれない。

「それでは、いいですか」ハンスさんはそう言うと、こちらに背を向け、開いたままになっていたレジスターの抽斗から、さっきの一ドル紙幣を取り出して、五セントの白銅貨と三枚の銅貨の隣に並べて置いた。「それでは、いいですか」とハンスさんはもう一度言った。「奥さんからは、一ドルと三セント、頂戴した。でも、奥さんのお買い物は一ドル三セントじゃない——それよりも五セント少ない、そうでしょう?だから、はい、これがそのお釣りの五セントです」ハンスさんはそう言って五セント硬貨をつまみあげて、伯母さんに差しだした。

伯母さんはその五セント硬貨を親指と人差し指でつまみ、ようやく納得がいったというように眼を輝かせたものの、それはほんの一瞬のことだった。眼の輝きがすうっと消えていくと、伯母さんは急にその五セント硬貨を突き返し、自分の出した一ドル三セントを手に取り、そのうち三セントを財布にしまった。

「ハドスンさんの奥さん、九十八セントのお買い上げってのは、もう記録しちまったんですけどね」ハンスさんは慌てて言った。「その一ドルはレジに入金しないと困るんですよ」ハンスさんは表示窓の$.98を指さした。「それじゃ、こうしましょう。その一ドルをいただければ、五セント差しあげます。それで双方貸し借りなしってことにしましょうや」

だが、ウィルマ伯母さんのほうは、五セントを受け取りたくもないし、一ドルを渡したくもない、といった様子だった。それでも、しまいにはハンスさんの提案を受け入れた。ぼくは初め、びっくり仰天した。あの締まり屋のハンスさんが三セントもおまけしてくれたのだ。それから、少し考えて、それが背に腹は代えられないがゆえの選択だったことに気づいた。一ドル紙幣まで取り戻されそうになったものだから、慌てて損失のより少ないほうで手を打つことにしたのである。

「まったく、もう」ウィルマ伯母さんはぷりぷりしながら言った。「そちらさんがどういうおつもりなのか、あたしにはさっぱりわかりませんよ」

ぼくはいたって気の弱い子どもだったけれど、わが一族の名誉を守るため、この大人同士のいがみあいに自ら割って入らねばなるまいと覚悟を決めた。「ねえ、ねえ、ウィルマ伯母さん」とぼくは言った。「その五セントを貰っておけば、伯母さんの買ったものが全部で九十五セントになるんだよ」

ハンスさんは怖い顔でぼくを睨んだ。ぼくが口を出したことで、さらなる損失をこうむることになるのではないか、と恐れたのだと思う。「いいんだよ、坊や」とハンスさんは言った。「もういいんだ」。そして、レジスターの抽斗に一ドル紙幣を入れると、これでようやくけりがついたとでも言うように、がしゃんっと派手な音をさせて抽斗を閉めた。けれども、ぼくのほうはそれでは納得がいかなかった。

「ちょっと、伯母さん、ちょっと、ちょっと」ぼくは懸命に訴えた。「伯母さんは三セント、せしめたことになるんだよ。そのこと、わかってる?」

伯母さんは、理解力の劣る者を見るときの、横柄で、うんざりしたような眼差しで、ぼくをちらっと見ると、「冗談じゃありませんよ」とぴしゃりと言った。「三セントせしめたなんて、人聞きの悪い。あちらが二セントせしめたんです。よくわかりもしないことに、口を挟むんじゃありません」

「もういい、もういい」とハンスさんは言った。うんざりしている声だった。またここで伯母さんが財布を引っかきまわして三セントを取り出したりしたら、伯母さんのことだから必ず、さっきの一ドルを返してくれと言い出すだろうし、そうなったらまさしく〝振り出しに戻る〟ことになってしまう。ぼくは、伯母さんの顔をのぞき込んだ。その眼つきで、心から幻滅していることを伝えようとしたのだ。

「あらっ、そうだわ！」伯母さんは急に声を張りあげた。「もしかすると、細かいのでぴったりお支払いできるかもしれないわ。そうよ、どうして今まで思いつかなかったのかしら。あたしったら、どうかしていたわ。ええと……ちょっと待ってくださいよ。たぶん、ぴったりあると思うの」伯母さんはそう言うと、左手で握り締めていた五セント硬貨をカウンターに戻した。それから、財布のなかの小銭を突《つっ》きまわし、たっぷりと時間をかけて二十五セント硬貨を二枚、十セント硬貨を四枚、ハンスさんの五セント白銅貨を一枚、一セント銅貨を三枚、カウンターのうえに並べた。「ほらね」伯母さんの眼が勝ち誇ったようにきらりと光った。「さあ、さっきの一ドルを返していただけません？」

ハンスさんは深い溜め息をつき、〝両替〟というキーを押してレジスターの抽斗を開け、伯母さんに一ドル紙幣を返した。そしてカウンターのうえの小銭を急いで掻き集め、それぞれの硬貨を抽斗のしかるべき仕切りのなかに分けて入れると、これで最後とばかりに、また、がしゃんっと派手な音をさせて抽斗を閉めた。

当時、ぼくはまだ十歳で、算数は得意科目ではなかったけれど、そんなぼくでもこの取引きにおけるハンスさんの損失は当初、三セントだったものが、今しがたのやりとりで五セントに膨れあがったことが、簡単に算出できた。

「では、ハドスンさんの奥さん、ごきげんよう」ハンスさんはにこりともしないで言った。ぼくは申し訳ない気持ちでいっぱいだった。ハンスさんはそのことをぼくの視線から感じたのだと思う。ぼくたちふたりは、男同士にしかわかりあえない密かな共感の眼差しを交わしあった。

「どうも、ハンスさん、ごきげんよう」ウィルマ伯母さんもハンスさんに負けず劣らず、にこりともしないで言った。

ぼくがカウンターから買い物籠を持ちあげたとき、ハンスさんはまたしても溜め息をついた。今度のは安堵《あんど》の溜め息のようだった。「毎度ありがとうございます。またどうぞお越しください」とハンスさんは心にもないお愛想を言ったけれど、本音はぼくたちがいなくなるのを歓《よろこ》んでいたにちがいない。帰り際、ぼくは、いっそ買い物籠のなかからパセリでもなんでも五セント分の品物を抜き取って、こっそり返してやろうかとさえ思った。

「さあ、行きますよ」ウィルマ伯母さんが言った。「すっかり遅くなっちゃったわ。今日のお買い物ときたら、まったく、なんて手間がかかったんでしょっ！」店のそとに出るまで、伯母さんはずっとぶつぶつ言いどおしだった。

店を出てドアを閉めるときに見ると、ハンスさんは男のお客さんの相手をしていた。そのお客さんは大笑いしていた。ハンスさんが眉間に皺を寄せ、肩をすくめたのが見えた。

タウン・ストリートを東に進んでいるうちに、ウィルマ伯母さんはもうそれ以上、黙っていられなくなったようだった。「こんな目に遭ったのは、生まれて初めてだわ」伯母さんは息巻いた。「あのジョン・ハンスって人、いったいどこの学校に通ったのかしら。いいえ、通ったのかどうかも、あやしいもんだわ。だって、そうでしょ？　あんないい年齢《とし》した大人が、あんなにこんがらがるなんて。あきれてものも言えませんよ。あんな人が相手じゃ、あのお店でまるまる一日押し問答してたって、埒《らち》が明かないわ。なんせ、あの人、〝損得勘定〟もろくすっぽできやしないんだもの。仕方ないから、二セント差しあげることにしたのよ。まったく。そうでもしなくちゃ、いつまでたっても帰れやしないじゃないの」

「二セント?」ほとんど悲鳴に近い声で、ぼくは言った。「伯母さん、二セントって、どの二セントのこと?」

「何を言ってるの、この子は。二セント余分に払わせられたでしょうが」と伯母さんは言った。「まったく近ごろの若いもんは学校で何を習ってくるんだか。こっちはね、二セント多く払いすぎてるの。買い物は全部で九十八セントなのに、あたしは一ドル払ってるのよ。そのお釣りの二セントは、とうとう最後まで払ってくれなかったんですからね。うちに帰ったら、ハーバート伯父さんによく説明してもらいなさい。そのぐらいの損得勘定は誰にだってできますよ。まあ、あのジョン・ハンスって人は別だけど」

伯母さんと並んで黙って歩きながら、ぼくはハーバート伯父さんのことを考えた。伯父さんは頭の禿《は》げかかった癇癪《かんしゃく》持ちで、めっぽう気が短くて怒りっぽい人だ。

「そうそう、ハーバート伯父さんには、まずあたしから説明するからね」と伯母さんは言った。「あんたは黙ってなさいよ。あんただって、あのジョン・ハンスとどっこいどっこいで、頭のなかがこんがらがってるんだから。あんたの言うとおりにあのとき三セント渡したりしてたら、きっとあの一ドルも返してもらえなかったでしょう。そうなってたら、二セントどころか、五セントも払いすぎになっちゃってたとこよ。まったく、こんなわかりきったことなのに」

そのとき、ぼくは、この話の流れを利用すれば伯母さんにも理解してもらえそうだと気づいて、その機に乗じて反論に転じた。「そうだよ、伯母さん」ぼくは叫んでいるも同然の大声を張りあげた。「五セント払いすぎになるんだよ。だから、ハンスさんは五セント玉をくれたじゃないの」

ウィルマ伯母さんの癇癪玉が爆発した。伯母さんはぼくに喰ってかかった。「あの五セント玉はあたしのでしょ？　あたしがカウンターに置いたの、あんただって見てたじゃないの。で、向こうがそれをさらっていったんじゃないの。でしょ？　あんただって見てたでしょ？」

ぼくは買い物籠を左手に持ち替えた。「うん、それはわかってるよ、伯母さん」ぼくは言った。「だけど、あの五セント玉は、そもそも向こうが出したもんだよ」

伯母さんは、ふんと勢いよく鼻を鳴らした。「でも、結局、向こうは取り戻したじゃないの。大事な大事な五セント白銅貨を」。ぼくはまた買い物籠を反対の手に持ち替えた。伯母さんの声の調子に、どことなく迷いのようなものが感じられた……気がした。伯母さんは口をつぐみ、足を速めた。ぼくがついていくのに苦労するほど、さっさか先を急ぎはじめた。六丁目の通りを南に曲がったところで、ちらっと様子をうかがうと、伯母さんは眉間に皺を寄せ、例によって声を出さずに唇だけ動かしていた。うちに帰ってからハーバート伯父さんにさっきの奇妙なやりとりのことをどう話したものか、予行演習をしているらしい。ぼくは口笛を吹きはじめた。「ちょっと、静かにしてちょうだい」と伯母さんは言った。「今、損得勘定をしてるんだから」

ハーバート伯父さんは居間の椅子に坐り、のんびりと林檎《りんご》を食べていた。その顔つきからすると、どうやら珍しくご機嫌うるわしいようだった。ウィルマ伯母さんはぼくの手から買い物籠を引ったくった。「いいこと、伯父さんにはあたしから話をするからね。あんたは黙って待ってるのよ」伯母さんはそう言うと、颯爽《さっそう》と居間を抜けてキッチンのほうに消えていった。

いくらか息を弾ませながら、ぼくはハーバート伯父さんに、ウィルマ伯母さんの複雑にしてこみいった、会計上の武勇伝を語って聞かせた。伯母さんが居間に戻ってきたときには、伯父さんはくっくっくっくっと笑っていた。

伯父さんが愉《たの》しそうにしていることが、伯母さんの神経を逆撫《さかな》でしたようだった。「この子の言うことを真に受けないでちょうだい」伯母さんはぼくを責める口調で言った。「ちっともわかってないんだから。この子も、ジョン・ハンスも、頭んなかがすっかりこんがらがっちゃって、もう……」

ハーバート伯父さんの忍び笑いはだんだん威勢がよくなり、最後にはとうとう声をあげて大笑いするまでになった。ウィルマ伯母さんは、きっとひと睨みして、たちまち伯父さんを黙らせた。「ねえ、あなた、いいから、あたしの話を聞いてくださいよ」と伯母さんは言ったけれど、伯父さんはそれを遮った。

「なあ、おまえ、もしハンスさんからその二セントを返してもらおうってことなら、どうやってそいつを精算したらいいか、教えてやろう。三セントのものを買って十セント支払うんだよ」伯父さんはそう言うと、また声をあげて笑いだした。

ウィルマ伯母さんはひとしきり、冷たい軽蔑の眼差しというやつで、伯父さんとぼくを代わる代わる睨みつけた。それから降参とでもいうように両手を挙げ、その手をぱたりと降ろした。処置なしという意味のようだった。「まったくねえ」と伯母さんは言った。「こんな調子だもの、男なんかに任せておいたら、この世の中どうなっちゃうか、わかったもんじゃありませんよ」

# ダム決壊の日

一九一三年のオハイオの大洪水のときに、ぼくの家族やぼくが経験したことは、できることなら喜んで忘れてしまいたい記憶である。それでも、そのときにたいへんな思いをして混乱に巻き込まれたからといって、生まれ故郷である州と市《まち》を想う気持ちに変わりはない。ぼくは今、いたって気楽に暮らしていて、ここが故郷のコロンバスだったらいいのに、などと呑気《のんき》なことを思ったりしているが、もし、地獄に落ちてしまえと呪われた都市というものがあるのだとしたら、それは一九一三年のあの正午《ひる》さがりの、恐怖と危険に充ち満ちたコロンバス市を置いてほかにない。その日の午後、ダムが決壊したのだ——いや、より正確な表現を心がけるなら、ダムが決壊した、と市《まち》じゅうの人間が思い込んだのである。

そのときの経験で、ぼくたちはたいへん評価されもしたし、大いに貶《おとし》められもした。

なかでも、うちの祖父のすっくと立った姿は実に堂々たるもので、ぼくにとってはいまだ褪《あ》せない輝きを放っている。といっても、祖父の場合、洪水に対する反応は、実は大いなる誤解に基づいている。わが市《まち》には南軍のネイサン・ベドフォード・フォレスト将軍率いる騎兵隊が迫っており、われわれは遠からずその脅威と対峙《たいじ》しなくてはならないと思っていたのだ。ぼくたちとしては家を捨てて逃げるしか対処の仕様がないというのに、祖父は古い軍刀を振りかざし、退却は一歩たりとも許すまじの構えだ。「来るなら来てみろ、南の×××の小せがれの××ったれども！」などと活字にはできないようなことを、大声で怒鳴りまくるのである。

そのあいだも、何百人という人たちがわが家のまえを大慌てに慌てて駆け抜けていく、口々に「東だ、東に逃げるんだ！」とわめきながら。やむを得ず、ぼくたちはアイロン台で祖父を昏倒《こんとう》させた。ところが、正体をなくした祖父の身体が足枷《あしかせ》となり——なにしろ、このわが家の老紳士は、身の丈は百八十センチを超え、目方はほぼ八十キロ近くもあったもので——最初の数百メートルのあいだに、ぼくたちは市《まち》じゅうのほとんどの人に追い越されてしまった。パーソンズ・アヴェニューとタウン・ストリートの角で祖父が息を吹き返さなかったら、ぼくたちはまちがいなく奔流に追いつかれ、逆巻く怒濤《どとう》に呑み込まれていたことだろう――というのは、実際に奔流が押し寄せてきていて、逆巻く怒濤が現実のものだった場合の話だけれど。

のちに騒ぎが鎮まり、人々がいささか気恥ずかしげにそれぞれの家庭や勤務先に引きあげ、逃走距離を極力少なめに申告し、逃げたことにあれこれ理由をつけはじめたころ、市の土木課は、かりにダムが決壊した場合でも、ウェストサイドで水面がもう五センチほど上昇した程度だっただろうと指摘した。このダム決壊騒ぎの当時、ウェストサイドは九メートルの水をかぶっていた――実際、今から二十年まえのこの春の大水害のあいだ、オハイオ州の川沿いの市はどこもそんな状況だったと思う。だが、ぼくたちの家があって、市を挙げての一大〝駆けっこ〟が繰り広げられたのはイーストサイドのほうで、イーストサイドはその時点では冠水もしておらず、なんの危険にもさらされていなかった。水嵩《みずかさ》が二十八メートルまで上昇しない限り、水が市を東西に分けているハイ・ストリートを越えてイーストサイドに流れ込んでくる心配などなかったのだ。

ところが、そうした事実があり、料理用ストーヴのまえの子猫並みにぬくぬく、かつ、のうのうとしていられたにもかかわらず、ダムが決壊したという叫びが野火のように拡がってしまうと、イーストサイドの人たちの徹底した思い込みとばかばかしいほどの必死さには、まるで歯止めがかからなかった。

　市《まち》でも指折りの、貫禄があって、沈着で、世の中に対して斜に構え、頭脳も明晰《めいせき》な人たちが、妻を見捨て、秘書を見捨て、家庭を顧みず、職場を放棄して、東へ東へとひた走ったのだ。世にある警報のなかで、「ダムが決壊した！」以上に人の心に恐怖を引き起こすものは、そうはない。声高《こわだか》に発せられたその叫びを耳にしたとき、ひとまず立ち止まってじっくりと状況を分析できる者も、そうはいない。たとえ、ダムから八百キロも離れたところに住んでいる者であっても。

　オハイオ州コロンバスで、ダム決壊の流言が飛びはじめたのは、ぼくの記憶では、一九一三年三月十二日の正午ごろだったように思う。市の大動脈であるハイ・ストリートは、人や物の行き来がかもしだすゆるやかな騒音と、互いの利益をめぐって主張をぶつけあい、計算をめぐらせ、甘言を弄し、売値を提示し、そんな値段で買えるかと蹴飛ばし、しかるのち双方の妥協点を探りあう商人たちがかもしだすゆるやかな喧噪《けんそう》とで、まずまずの活気を呈していた。企業の顧問弁護士としては中西部随一の豪腕といわれるダグライアス・カニングウェイは、ちょうど公共企業委員会のお歴々に向

JOHN HUMPHREY

かって、自分を動かそうとするのは北極星を動かそうとするようなものだ、[1] とジュリアス・シーザーの台詞《せりふ》を借りて熱弁を振るっているところだった。熱弁を振るわれているほうも、各人がごく控えめな身振りやら手振りやらを織り交ぜ、各人なりの手柄をごく控えめにひけらかしている最中だった。

そのとき、突然、ひとりの男が走りだした。ひょっとすると、その男は奥方と待ち合わせをしていたことをその瞬間に思い出し、約束の刻限に恐ろしく遅れていることに気づいて走りだした、というだけのことだったのかもしれない。そのあたりの事情はともかく、この男はブロード・ストリートを東に向かって走りだした（おそらく、マラマー・レストランに向かったのではないだろうか。亭主連中が奥方との待ち合わせによく使う場所だから）。それからまたひとり、走りだした。これは元気がありあまっていた新聞売りの少年だったのかもしれない。さらにもうひとり、今度は恰幅《かっぷく》のいい実業家風の紳士がよたよたと小走りで駆けだした。それからものの十分もしないうちに、ユニオン駅から郡庁舎に至るまで、ハイ・ストリートにいた者はひとり残らず走りだしていた。不明瞭ではっきりとは聞き取れなかったざわめきが、次第に世にも恐ろしいひとつの単語に収斂《しゅうれん》され、〝ダム〟ということばが浮かびあがってきた。

「ダムが決壊した！」──その恐怖をことばにした最初の人物は、路面電車に乗っていた老婦人だったかもしれないし、交通整理をしていた警官だったかもしれないし、わはたまたまだ幼い少年だったかもしれない。それは誰にもわからないことだし、わかったところで今さら何がどうなるものでもない。ともかく二千人の人間が、やにわに全力で走りはじめていたのだ。「東に向かえ！」という叫びがあがった──東は川とは反対の方角だ、東なら安全だ。かくして「東に向かえ！　東だ、東！」とあいなった。

東へ向かう通りという通りに、黒々とした人の流れが出現した。この流れの源は服地店であり、どこかの会社の社屋であり、馬具店であり、映画館だった。この流れに注ぎ込む支流の構成要員は、家庭の主婦だったり、子どもだったり、脚の不自由な者だったり、使用人だったり、犬だったり、猫だったり。叫んだり、怒鳴ったりしながら人々が家のまえを駆け抜けていくのを見ると、他の者もまた、家を空《から》にしてその流

1　シェイクスピア作『ジュリアス・シーザー』第三幕第一場のシーザーの台詞より。

れに合流するのだ、火元を確かめもせず、コンロに鍋をかけたまま、ドアを開けっ放しにして。

といっても、わが家の母は、家じゅうの火元を残らず確認してから、卵一ダースとパン二本を持って家を出た。母の計画では、ほんの二ブロックほど先の在郷軍人記念館まで逃げ、建物のうえのほう、たとえば退役軍人の集会に使われたり、古い軍旗やら舞台の垂れ幕やらの物置代わりになっている埃《ほこり》っぽい部屋のどれかにでも避難するつもりだったらしい。だが、口々に「東だ、東に向かえ！」と叫びたて、熱く沸き返った人波につい引きずられ、そんな母にぼくたちもついつい引きずられていった。パーソンズ・アヴェニューに出たところで、祖父がすっかり意識を取り戻した。退却する群衆を眼にするや、祖父は復讐に燃える予言者さながらすっくと立ちはだかり、男たちは陣形を整えろ、南部の反乱軍の犬どもを寄せ付けるな、と叱咤激励《しったげきれい》にこれ努めたが、そのうちにようやく祖父にも、ダムが決壊したらしいということがわかったとみえて、その衰えを知らぬ大声を張りあげて「東だ、東に向かえ！」と力強く号令をかけると、片手でそばにいた幼い子どもを、もう片方の手で事務員ふうの痩せた男——推定年齢、四十二歳ほど——を抱えるようにして、ぼくたちと一緒に進みはじめた。まえをいく人たちとの間合いが少しずつ縮まった。

うねり、くねり、のたうちまわる人の大波に、制服姿の消防士や警察官やきちんと正装した軍人たちが色を添えていた。この日ちょうど、市《まち》の北部にあるヘイズ基地《フォート・ヘイズ》で閲兵式が行なわれていたのである。「東よ、東に行くの！」小柄な少女が小鳥のさえずりのような甲高《かんだか》くか細い声で叫びながら、玄関先のポーチで居眠りをしている陸軍歩兵部隊の中佐のまえを駆け抜けていく。常日ごろから即断を旨とし、命令には即座に服従するよう訓練されている中佐は、ポーチから飛びだし、ただちに全速力の駆け足前進で突き進み、あっという間に女の子を追い抜き、「東だ、東に向かえ」の雄叫《おたけ》びを放つ。少女と中佐が突き進む、その細い通り沿いの家から次々に人が飛びだしてきて、ふたりのあとを追いはじめ、あとには無人の家が残される。

「なんなんです？　何があったんです？」肥満体の紳士がよたよたと走りながら中佐に追いすがって尋ねる。中佐は足をゆるめて少女を待ち、何があったのかと尋ねる。「ダムが壊れたの」息を切らせながら少女は答える。「ダムが壊れたんだ」中佐はどら声を張りあげて男に答える。「東だ、東に向かえ！　東に向かうんだ！」やがて中佐は、疲れ切った少女を抱えあげ、背後におよそ三百名からなる逃走部隊を率いて先頭を走っていた。各家庭の居間から、仕事先の店舗から、作業中の車庫から、裏庭から、地下室から、中佐のもとに馳せつけた面々だった。

一九一三年のこの市《まち》を挙げての大脱出に、いったいどれだけの人数が加わっていたのか、正確な数字を算出することは、まず無理だろう。なぜなら、この騒動は、市の南端のウィンズロー瓶詰め工場から北はおよそ十キロ離れたクリントンヴィルの町まで及び、始まったのも突然なら終わるのも突然で、下々の者から高貴な方々まであらゆる階層にまたがる避難民の大群は、いつの間にか解散し、各自こそこそと逃げ帰り、あとにはがらんと人気《ひとけ》のなくなった、のどかな街の通りが延びているばかりだったからだ。泣くわ、わめくわ、ひしめくわ、こけつ、まろびつ、ころがりつ、てんやわんやの大騒ぎだった一斉避難も、時間にしてみればほんの二時間しか続かなかった。

なかには東に二十キロ近くも遠っ走りして、レノルズバーグの村まで逃げた者もいたし、十二キロ離れたカントリー・クラブにたどり着いた者は五十名を超える。だが、大半は途中であきらめるか、へたばるか、もしくは六キロほど先のフランクリン公園の木によじ登るかしたようである。最後には国民軍のメンバーがトラックに分乗して市内《まちなか》を流し、拡声器を使って「誤解です。ダムは決壊していません、誤解です！」とふれまわって、ようやく秩序を回復し、人々の不安を解消させたのだが、これも最初のうちは混乱に拍車をかけ、恐怖心を煽《あお》ることとなった。慌てふためき、逃げまどう人々の耳には、トラックに乗った兵士たちが「崩壊です。ダムは決壊しています、崩壊です！」と叫んでいるように聞こえ、そうか、当局もこの災害を正式に認めて、速やかな避難を促しているのだと思ったせいだった。

これほどの大混乱が続くあいだ、太陽は終始のどやかに照り輝き、洪水が押し寄せてくる気配はどこにもなかった。このとき、飛行機から下界を眺め、とんでもない数の人々が慌てふためき、右往左往している様子を眼にしたら、その現象の意味するところを理解するのに、さだめし苦労しただろう。そしてきっと、なんとも言いようのない不安と恐怖で胸が波立ったのではないだろうか。謎の幽霊船メアリー・セレスト号は、言い伝えによれば、調理場のコンロの火はとろとろと燃え続け、デッキには陽光が明るく輝いているというのに、乗員は誰ひとりおらず、洋上をただださまよっているという。その船影を目撃したときと、きっと同じような心境になったはずだ。

ぼくにはイーディス・テイラーという伯母がいるのだが、その伯母はこの騒動のとき、たまたまハイ・ストリートの映画館にいて（ちょうどW・S・ハート[2]主演の映画がかかっていたのだそうだ）、表の通りを駆け抜けていく人々の足音に気づいたという。足音は次第に大きくなるばかりで、演奏席で奏でられているピアノの音を掻き消すほどになり、やがてそこに何やら繰り返し叫ぶ声が混じりはじめた。伯母のすぐそばに坐っていた初老の紳士が、何事かもごもごとつぶやきながら立ちあがり、通路に出ると小走りになって出口に向かった。それで誰もがはっとなった。一瞬にして観客はわれ先に通路に殺到した。「火事よ！」と女の悲鳴があがった。きっと、その人は日ごろから映画館で火事に遭って焼け死ぬことを何より恐れていたのだと思う。だが、そのときにはもう、戸外《そと》の叫び声がますます大きくなり、言っていることばもはっきりと聞き取れるようになっていた。

「ダムが決壊した！」ひときわはっきりと、そのことばが聞こえた。「東よ、東に逃げなくちゃ！」伯母のすぐまえにいた小柄なご婦人が、きいきい声でわめいた。そのひと声で、映画館にいた全員が東に向かうことになる。誰もが押し合いへし合い、つかみ合い、女子《おんなこ》どもを突き飛ばし、つんのめり、這《は》いつくばり、傷だらけになって、おもての通りに転がり出た。

映画館のなかでは、W・ハートがならず者のはったりを冷静に見破り、ピアノ弾きのお嬢さんは平然と〈漕げ、漕げ、漕げよ《ロゥ・ロゥ・ロゥ》〉を音高らかに弾き続け、続いて〈わが《イン・》ハレム《マイ・ハレム》で〉まで演奏して、肝っ玉の据わったところを見せている。にもかかわらず、戸外《そと》では、人々は雪崩《なだれ》を打って州会議事堂の広場を突っ切り、なかには木にしがみつく者もいれば、なんと〈わが郷土の至宝〉の記念像によじ登る女まで現われた。それでも、記念像のブロンズのシャーマン将軍、スタントン陸軍長官、グラント将軍、シェリダン将軍たち[3]は眉毛ひとつ動かさず、あくまで冷ややかに、この州都陥落の様子を眺め続けていたのである。

「あのときわたしはまず南に進んでステート・ストリートに出て、ステート・ストリートを東に進んで三丁目の通りに出て、三丁目の通りを南に進んでタウン・ストリートに出て、あとはタウン・ストリートをひたすら東に走りました」イーディス伯

---

2　一八六四～一九四六年。サイレント映画時代に活躍した西部劇俳優。

3　いずれもオハイオ州出身。シャーマン、グラント、シェリダンは、南北戦争時の北軍軍人。スタントンは、奴隷制反対の法律家で、リンカン～A・ジョンソン政権で陸軍長官を務めた。

母はのちにぼくに寄越した手紙にそう書いている。

「走っているあいだに、痩せて背の高い女の人に抜かされました。えらが張っていて、険しい眼をした人でした。まわりの叫び声は、もちろん、聞こえていたけれど、それでもわたしには何が起こったのか、まだよく呑み込めていなくて、それでも一生懸命足を動かしてその女の人を追いかけたのです。向こうはもうじき六十歳に手が届こうかというぐらいなのに、それはもう見事なフォームで楽々と走っているのです。健康状態も申し分なさそうでした。『何があったんでしょう?』わたしははあはあ言いながら訊《き》きました。すると、先方はこちらの顔をちらっと見て、またまえに眼を戻すと、いくらかペースをあげながらこう言いました——『さあ、あたしに訊かれてもね。だって、あたし、神さまじゃありませんから』

グラント・アヴェニューに出たときには、もうへとへとでしたから、H・R・マロリー先生にとうとう——マロリー先生のことは覚えているでしょう? 詩人のロバート・ブラウニングみたいな白いお髭を生やした方——マロリー先生のことは、タウン・ストリートの五丁目の角でいったん引き離したはずなのに、なんと、その先生に追い抜かれてしまいました。『追いつかれたぞ!』と先生は叫ぶのです。おかげで、

「追いつかれたぞ！」と先生は叫ぶのです。

何に追いつかれたのかはともかく、こっちまですっかり追いつかれた気になってしまいました。だって、あの先生のおっしゃることって、いつだって自信たっぷりじゃありませんか？　そのときは、なんのことかよくわかりませんでしたけど、あとでわかりましたよ。先生のすぐうしろから、ローラースケートを履いた男の子が走ってきていたんです。マロリー先生はそのローラーの音を、水がざあざあと流れてくる音だと勘違いなさっていたのよ。

先生はそれでもパーソンズ・アヴェニューとタウン・ストリートの角のコロンバス女学院までは頑張りました。でも、そこでとうとう力尽きてしまわれて、ご自分はついにサイオート川の冷たく泡立つ流れに呑まれて、忘却の彼方《かなた》に押し流されてしまうのだ、と観念なさったようでした。ところが、ローラースケートの坊やが脇をすうっと通り過ぎていったもんだから、そこで初めて、ご自分を追いかけていたものの正体がおわかりになったのね。通りを振り返ってみても、押し寄せてくる水らしきものはまるで見えません。それでも、二分か三分も休むと、先生はまたまた東に向かってよろよろと進みはじめたのです。

オハイオ・アヴェニューの角でまた先生に追いつかれてしまったので、そこで先生と一緒にひと息入れました。そのあいだに、先生とわたしを、ざっと七百人ほどの人たちが追い抜いていったと思います。でも、おかしなことに、乗り物に乗っている人はひとりもいないのです。自動車を動かすには、いったん走るのをやめなくちゃならないから、その度胸がなかったのでしょうか。でも、考えてみれば、当時の自動車は始動させるにはクランクをまわさなくちゃなりませんでしたから、案外、それが理由だったのかもしれませんね」

翌日、市《まち》の人たちは、まるで何事もなかったかのように日常に戻り、それぞれの仕事に勤《いそ》しんでいたが、さすがに冗談を言うことははばかられる雰囲気だった。コロンバスの住人が、思い切ってダム決壊の騒ぎを軽口のネタにできるようになるには、それからさらに二、三年の歳月が必要だった。だが、二十年たった今になってもまだ、たとえばマロリー先生もそのひとりだが、あの正午《ひる》さがりの一大徒競走のことを話題にしようものなら、とたんにハマグリのようにぴたっと口をつぐんでしまう人もいるのである。

# 幽霊の出た夜

一九一五年十一月十七日の夜、わが家に現われた幽霊は、いくつもの誤解から成るとんでもない騒動を引き起こした。今にして思えば、いっそあのまま勝手に歩きまわらせておいて、こちらはさっさと寝てしまえばよかったと悔やまれる。何しろ、幽霊が現われたために、母は隣家の窓に靴を投げつけ、しまいには祖父が警官に向かって発砲するという事態になってしまったのだ。そんなわけで、ぼくとしては、今も言ったように、足音が聞こえても知らん顔をしているべきだったとしみじみ後悔しているわけだ。

足音が聞こえたのは、午前一時十五分ごろだった。ダイニングルームのテーブルのまわりを、せっかちなリズムで歩きまわる音だった。母は二階の寝室で眠っていたし、兄のハーマンも同じく二階の別の寝室に引きあげていた。祖父は屋根裏部屋の、例の胡桃材《くるみざい》の古いベッドに入っていた。このベッドは、すでにご承知のことと思うが、以前、父のうえに倒れてきたと思われた例のベッドである。ぼくはちょうどバスタブから出たばかりで、タオルでせっせと身体を拭《ふ》いているところだった。

そのとき、足音が聞こえてきたのだ。階下《した》のダイニングルームのテーブルのまわりを、せかせかと歩きまわっている足音だった。バスルームの灯りは、ダイニングルームに直接通じている裏階段までは届いた。飾り棚の皿がかすかに光っているのが見えた。だが、テーブルまでは見えなかった。足音はまだ聞こえている。テーブルのまわりをぐるぐる回り続けている。一定の間隔できゅっというような音があがるのは、床にどこか緩んでいるところがあって、そこを通過するたびに床板が軋《きし》むからだった。最初は父か弟のロイだと思った。ふたりはインディアナポリスに出かけていたのだが、そろそろ帰ってきてもおかしくない頃合いだった。次に泥棒の侵入を疑った。幽霊かもしれないと思い至ったのは、しばらくしてからのことだった。

足音は三分ほど続いていただろうか。ぼくは足音を忍ばせて、兄のハーマンの部屋に滑り込んだ。「しっ、静かに！」声をころして囁《ささや》き、暗がりのなかでハーマンを揺さぶり起こした。

「んがっ?」ハーマンは、意気地をなくしたビーグル犬のような、低くて情けない声をたてた——実はハーマンは、夜になると何ものかに〝捕まえられてしまう〟のではないか、と半ば本気で恐れているのだ。

声をかけたのはぼくだとわからせてから、ぼくは「階下《した》に何かいるよ!」と言った。ハーマンは起きだしてきて、ぼくのあとから裏階段のところまでついてきた。ふたりして耳を澄ましてみたが、何も聞こえなかった。足音はやんでしまっていた。ハーマンはいくらか警戒する表情になって、ぼくを見つめ返してきた。何しろぼくは、バスタオルを一枚、腰に巻いただけという恰好だったから。ハーマンは部屋に戻って寝ると言ったが、ぼくは彼の腕をつかんだ。

「だから、階下《した》に何かいるんだってば!」そう言ったとたん、また足音が聞こえてきた。ダイニングルームのテーブルのまわりを駆けまわっている足音。その足音が、今回はこちらに向かってきた。どたんどたんと重たげに、階段を一段抜かしで駆けあがってくるのだ。灯りはあいかわらず弱々しく階段を照らしてはいたけれど、何ものであれ、そこをのぼってくる姿は見えず、ただ足音だけが聞こえてくる。ハーマンは自分の部屋に駆け戻り、ばたんとドアを閉めてしまった。ぼくも急いで

夜になると何ものかに〝捕まえられてしまう〟
のではないか、と半ば本気で恐れていた。

階段口のドアを閉め、内側から片方の膝頭をあてがって、しっかりとつっかえ棒をした。長い長い一瞬が過ぎて、ぼくはそうっとドアを開けてみた。何もいなかった。足音も聞こえなくなっていた。それっきり、もう二度と、幽霊はなんの物音もたてなかった。

ところが、ドアをばたんばたんとやったものだから、その音で母が眼を醒ました。自分の寝室から廊下をのぞいて「あんたたち、いったい何をやってるの？」と訊いてきた。

ハーマンは意を決したように部屋から出てきて「別に、何も」とぶっきらぼうに答えたが、顔色が冴えなかった。なんだか薄緑色の顔をしていた。

「なんなの、階下《した》でどたばた駆けずりまわってたのは？」母が言った。母にもあの足音は聞こえていたのだ。ハーマンとぼくは呆気《あっけ》に取られて、ただぽかんと母を見つめ返した。

「ひょっとして、泥棒？」母が叫んだ。直観がひらめいたのかもしれなかった。母をなだめるため、ぼくは平気なふうを装って階段を降りようとした。

「行こう、兄さん」とハーマンに声をかけた。

「いや、ぼくは母さんのそばにいる」とハーマンは言った。「母さん、すっかり興奮しちゃってるから」

ぼくは階段のところまで戻った。

「だめよ、ふたりとも。一段たりとも降りちゃだめ」と母は言った。「警察を呼びましょう」

電話は階下《した》にあるので、どうやって警察を呼ぶつもりなのかわからなかったが——もちろん、呼んでほしくもなかったが——母の決断はいつものことながら、きわめてユニークで、きわめて迅速だった。寝室に戻り、隣家の寝室と向かいあった側の窓を勢いよく開けると、靴をつかみ、二軒の家のあいだの狭い空間越しに先方の窓ガラスめがけて、その靴を投げつけたのである。ガラスは音をたてて割れ、隣家の寝室のなかに飛び散った。ボドウェルという引退した彫版工とその妻の寝室だった。ボドウェルは数年来体調を崩していて、年がら年中、それほど重くはないものの何かしらの発作を起こしていた。それを言うなら、うちの家族の知人や隣人のほとんどが、いつも何かしらの〝発作〟を起こしていたものである。

さて、時刻は午前二時、月のない夜で雲が暗く低く垂れ込めている。ボドウェルはすぐに窓から顔を出し、拳《こぶし》を振りあげ、唾《つば》を飛ばしながらわめきたてた。「だから、こんな家はさっさと売っちゃって、ピオリアに帰りましょうって言ってるの」とボドウェルの奥さんがこぼしているのが聞こえた。母が言っていることがボドウェルに〝通じる〟までには、しばらく時間を要した。

「泥棒なんです」と母は叫んだ。「泥棒が入ったの！」

ハーマンもぼくも、泥棒ではなく幽霊が現われたのだとは、とても言い出せなかった。母は泥棒よりも幽霊のほうを、もっと怖がっていたからだ。ボドウェルは最初、自分のところに泥棒が入ったのを教えてくれているのだと思ったようだったが、最終的にようやく落ち着きを取り戻し、ベッドのそばに置いている電話の子機を使って警察を呼んでくれた。

ボドウェルの姿が窓辺から消えたあと、母はいきなりもう片方の靴をつかんで投げそうになった。今さらその必要もないのに、なぜそんなことをしたのか、あとで語ったところによると、靴をガラス窓に投げつけるスリルがたまらなく気持ちよかったということだ。もちろん、ぼくは母をとめた。

感心なことに、警察はすぐにやってきた。フォードのセダンにぎゅう詰めになって。

ほかにオートバイでふたり、護送車で八人、おまけに新聞記者まで何人かくっついてきた。警察はわが家の玄関のドアを勢いよくノックした。懐中電灯の光が何本も、わが家の壁を這《は》いまわり、前庭を横切り、ボドウェル邸とわが家との境目の小道をたどるのが見えた。

「開けてください！」破《わ》れ鐘のような大声が聞こえてきた。「警察の者です！」来てしまったものは仕方ない。ぼくとしては降りていって彼らをなかに入れたかったが、母は頑として聞き入れなかった。「だって、あんた、裸じゃないの」と母に指摘された。「風邪を引いて死んじゃうわ」ぼくはバスタオルを腰に巻きなおした。

警官はついにわが家の玄関のドアに体当たりをかけ、分厚い面取りガラスの嵌《は》まったその重くてどっしりしたドアを押し破って屋内《なか》に入ってきた。板が割れる音とホールの床にガラスの飛び散る音が、ぼくのいるところまで聞こえた。懐中電灯の光が居間をくまなく蹂躙《じゅうりん》し、ダイニングルームを几帳面に往復し、廊下の闇を突き刺し、表階段を這いあがり、最後に裏階段を登ってきた。階段のてっぺんに、バスタオルを腰に巻いた恰好で突っ立っていたぼくが、まず見つかった。がっちりした身体つきの警官が、どたどたと階段を駆けあがってきた。「誰だ、きみは？」とその警官は言った。

「このうちの者です」

「ほう、そうか。で、どうしたんだね、暑いのか？」

実を言えば、寒かった。ぼくは自室に戻ってズボンを穿《は》いた。廊下に出たところで、別の巡査に拳銃を突きつけられた。「ここで何をしてる？」

「このうちの者です」とぼくは答えた。

指揮を執っていた警官が、母に報告しにきた。「誰もいないようですね、奥さん。ずらかったんでしょう――どんな連中でした？」

「二人組か、ことによると三人組かもしれません」と母は言った。「わあわあ騒いで、ドアをばたんばたんやって」

「おかしいですね」と警官は言った。「おたくの窓やドアは、どこもなかからがっちり鍵がかかってましたよ」

階下《した》では、ほかの警官たちがどたどたと歩きまわる音がしていた。うちじゅう警官だらけだった。ドアというドアが開けられ、抽斗《ひきだし》という抽斗が引っ張りだされ、窓という窓が開けては閉められ、そこにときどき、どすん、とか、どたん、という家具の

うちじゅう警官だらけ。

倒れる音が加わった。やがて二階の隅の、表階段をあがったところの暗闇から、六名ほどの巡査の集団が姿を現わし、二階の捜索に取りかかった。壁際に寄せてあったベッドをずらし、クロゼットにかかっていた服をハンガーから叩き落とし、棚に載せてあったスーツケースやら箱やらを引きずり降ろした。

巡査のひとりが、ロイがビリヤード大会の賞品で貰《もら》ってきた古めかしいツィターという弦楽器を見つけだした。「おい、見てみろよ、ジョー」巡査はそう言うと、ごつい手指ででたらめに弦を掻き鳴らした。

ジョーと呼ばれた警官は楽器を受け取り、ひっくり返して裏を見た。「なんなんだい、こいつは?」とぼくに尋ねた。

「それはツィターといって、ペットのモルモットが寝床にしていたものです」。以前にうちで飼っていたモルモットがその楽器のうえでなければ寝なかったというのは本当のことだが、そんなことは言わなければよかったのだ。ジョーとその相棒は、ぼくの顔を長いことじーっと見つめ、それからツィターを棚に戻した。

「異状はなさそうだよ」最初に母に話しかけた警官が言った。それからほかの連中に向かって状況を説明しはじめた。「この坊やは――」と親指でぼくを指さした。「素っ裸だし、おっ母《か》さんのほうはヒステリーを起こしかけてるらしいけど」

一同は揃って頷《うなず》き、無言のままただじーっとぼくを見つめた。その短い沈黙を破って、屋根裏部屋で、かすかな軋みがあがった。ベッドに寝ている祖父が、寝返りを打ったようだった。

「なんだ、あれは?」ジョーと呼ばれた警官が語気鋭く言った。ぼくがとめる間も、説明する間もなく、そこにいた五名から六名の警官が、弾かれたように屋根裏部屋にあがるドアに飛びつき、螺旋《らせん》階段を駆けあがっていった。その後の展開は、ぼくには充分に予測がついた。あの調子で祖父のところに、なんの前触れもなく――いや、たとえなんらかの前触れがあったとしても――飛び込んでいったら、とんでもないことになる。何しろ祖父の頭のなかでは目下、北軍のミード将軍[1]の部隊が、南軍の〝ストンウォール〟・ジャクソン[2]の絶え間ない砲撃によって後退を余儀なくされ、敗走の憂

1 ジョージ・G・ミード(一八一五~七二年)。南北戦争時の北軍司令官。勇猛で現実的な判断力を持ち、ゲティスバーグの危機を救った。

2 トーマス・J・ジャクソン(一八二四~六三年)。鉄壁の守りから〝ストンウォール(石垣)〟と呼ばれた、南軍の将軍。戦術のみならず作戦行動においても並はずれた力量の持ち主だった。

き目にあおうとしているところなのだ。

ぼくが屋根裏部屋にたどり着いたときには、事態はもうだいぶこんがらがってしまっていた。祖父は警官の集団を見て、一足飛びに祖父なりの結論に飛びついた――ミード将軍麾下《きか》の脱走兵が、わが家の屋根裏部屋にかくまってもらおうと、逃げ込んできたものと思い込んだのである。長いウールの下着のうえに、長いフランネルのナイトガウンをはおり、そのうえから革のヴェストを着込み、ナイトキャップをかぶっていた祖父は、その恰好のままベッドから飛びだした。もちろん、警官たちにしてみれば、この白髪頭の怒り狂った老人がこの家の住人であることはすぐに察しがついたものと思われるが、彼らには口を開く暇すら与えられなかった。

「戻れ、臆病者ども」祖父は一喝した。「前線に戻れと言っとるんだ。きさまらの肝っ玉はどこにあるんだ、この惰弱なる腰抜けどもめが」最後のひと言とともに、祖父はいきなり、先ほどツィターを見つけた警官の横っ面に平手打ちを見舞い、その場に這いつくばらせてしまった。ほかの連中は慌てて退却したが、間に合わなかった。祖父は〝ツィターの君〟のホルスターから拳銃を抜き取り、不意を突いて一発撃った。弾丸は垂木《たるき》に当たったようで、埃だか煙だかよくわからないものが、あたり一面もうもうと立ちこめた。くそっという叫び声があがり、警官のひとりが慌てて肩のあたりを押さえた。

それでも、ともかく、どうにかこうにか全員で階下《した》に降り、屋根裏部屋にあがるドアに鍵をかけ、祖父を隔離した。暗がりにひとり残された祖父は、それからもう一発、さらにもう一発、銃を撃ったが、そのうち寝てしまったようだった。

「あれはぼくの祖父です」息を切らしながら、ぼくはジョーと呼ばれる警官に説明した。「みなさんを脱走兵だと勘違いしたんです」

「そんなことだろうと思ったよ」とジョーは言った。

警察としては、このままでは引っ込みがつかないのだ。祖父を別とすれば、捕まえて懲らしめてやれる相手がひとりもいないのだから。このままでは、この夜の捕り物が、警察側の完敗だということになってしまう。おまけに、彼らとしては、どうもこの〝流れ〟が気に喰わない。そこはかとなく、まんまと一杯喰わされた臭いがするのである——そう思いたくなる彼らの気持ちは、ぼくにはよくわかる。そこで、警官たちは改めて、引っかきまわしたり、ほじくったり、嗅ぎまわったりしはじめた。

新聞記者が、ぼくのほうに寄ってきた。頬のこけた、痩せた男だった。ぼくは着るものが見つからなくて、そのときには母のブラウスをはおっていたのだが、そんなぼくを新聞記者は怪しんでいるような、面白がっているような眼でじろじろと眺めまわした。「ねえ、きみ、実際のところは何があったんだい?」新聞記者が訊いてきた。

ぼくは正直に答えることにした。「幽霊が出たんです」

新聞記者は長いこと、ぼくをただじーっと見つめていた。まるでぼくがスロットマシンか何かで、硬貨投入口に五セント入れたのに、うんともすんとも言わないじゃないか、とでもいうような眼で。そうやってひとしきり見つめると、新聞記者は黙って立ち去っていった。そのあとから警官たちも引きあげていった。祖父に撃たれた警官は、包帯を巻いた腕を押さえながら、しきりに悪態をついていた。

「あのくそ爺《じじい》からおれの拳銃を取り返さないと」と〝ツイターの君〟が言っていた。

「ああ、そうだな」相棒のジョーが言った。「自分で取りにいけ、自分で」

明日、署のほうにお届けにあがります――ぼくは彼らにそう言った。

「あのお巡りさん、どうしたの?」警察が引きあげていったあと、母が尋ねた。

「お祖父《じい》ちゃんが撃ったんだよ」とぼくは言った。

「まあ、どうして?」

あいつは脱走兵なんだ、とぼくは説明した。

「あら、まあ」母は言った。「あんな可愛い顔をした若い子がねえ」

翌朝、朝食の席で祖父はこのうえなく溌剌《はつらつ》として、さかんに冗談を飛ばした。昨夜の騒動のことなど覚えていないのだろう、とぼくらはみんな思っていた。だが、そうではなかった。三杯めのコーヒーを飲みながら、祖父はハーマンとぼくをじろりと睨んだ。そして「昨夜、うちでお巡りどもが、わいわいがやがや騒いでおったようだが、あれはいったいなんだったんだね?」と訊いてきたのだ。これには一同、返すことばがなかった。

# 今夜もまたまた大騒ぎ

まだ実家で暮らしていたころのことを振り返ったとき、真っ先に思い出す出来事は、父が「バックにさせられそうになった」晩のことだろう。この呼び方は、おいおいわかりいただけるものと思うが、実際の出来事を公平かつ正確に伝えるものとは言いがたい。けれども、ぼくも、わが家のほかの連中も、あの晩のことにそれとなく触れたいときには、ほぼ必ず、この呼称を使う。

その当時、ぼくらはオハイオ州コロンバスのレキシントン・アヴェニュー七十七番地の古い家に住んでいた。十九世紀初頭、コロンバスは州都の地位をランカスターと争い、わずか一票差でその地位を勝ち得たのだったが、以来、コロンバスは常に、追われているという幻想につきまとわれており、市政におけるこのいささか奇妙な心理状態は、コロンバスに暮らす人々の精神状態にも多かれ少なかれ影響を与えていたのだと思う。かくしてコロンバスというところは、何が起こるかわからない市《まち》であり、ほぼありとあらゆることが起こる市となっている。

そのコロンバスの古い家で、父は二階のおもてに面した部屋で寝ており、隣の続き部屋は弟のロイの部屋だった。ロイは当時、十六歳ぐらいだったはずだ。父はふつう午後九時三十分には床に就いていたが、十時三十分になると、また起きだしてきて、レコードがうるさくて眠れないじゃないかと怒鳴るのである。ぼくたち三兄弟がそのころ、毎晩の習慣のように、何度も何度も繰り返し蓄音機で聴いていたレコードのことだ。『便り来たらず、犬はなぜ死んだのか』という題名で、喜劇役者のナット・ウィルスが朗読しているものだった。ぼくらがあまりにも頻繁に、それこそ擦り切れるぐらいかけていたものだから、本当に溝が擦り切れる寸前までえぐれてしまって、針が同じ溝を回り続け、同じことばを何回も繰り返すということが、よくあった。たとえば、「焦げた馬肉を食った、焦げた馬肉を食った、焦げた馬肉を食った」という具合に。この繰り返しがはじまると、父はたいていベッドから飛びだしてきたものだ。

だが、その問題の晩には、ぼくたち三兄弟は比較的おとなしく、家族全員がだいたい同じ時刻に床に就いた。実を言えば、ロイはその日、熱があって朝から臥《ふ》せっていたのだった。うわごとを言うほどの高熱ではなかったし、たとえそういう状況にあってもロイがうわごとを口走るところは、およそ想像できなかった。それにもかかわらず、ロイは寝室に引きあげる父に向かって、今夜はうなされて、うわごとを言うかもしれないと不吉な予告をしたのである。

午前三時ごろ、眼が醒めてしまってもう眠る気になれなかったロイは、ひとつうなされたふりをしてみようと思いついた。あとで当人が説明したところによると、ちょっと〝ふざけて〟みたかったらしい。ロイはベッドを抜け出し、父の寝室に押しかけ、父を揺さぶり起こしてこう言った——「おい、バック、覚悟しろ。年貢の納め時だ」。ちなみに父の名はバックではなくチャールズといい、バックと呼ばれていたこともない。背が高くて、いくらか神経質なところはあるものの平和主義者の紳士で、穏やかに人生を愉《たの》しみ、万事が平穏に過ぎていくことを何にも増して願うような男である。

「んんっ、にゃ……？」寝ぼけてわけがわからないまま、父は声をあげた。

「起きろ、バック」ロイは眼をきらりと光らせ、冷ややかな口調で言った。

父はベッドの、息子がいるのとは反対側から飛びだし、寝室から走り出ると、そとからドアに鍵をかけて大声を張りあげ、家族全員を起こした。

当然のことながら、ぼくらには、にわかには信じられない話だった。日ごろおとなしくてすべてにおいて控えめなロイが、父が主張しているような、何やらちんぷんかんぷんな呪文みたいなことを言って父をおどしたとは、まずもって考えられないことだった。兄のハーマンなどは、ひと言も言わずにさっさとまた自分の寝室に引きあげてしまった。

「あなた、いやな夢でも見たんでしょう?」と母は言った。

そのひと言で父はかっとなった。「いや、確かにおれのことをバックと呼んで、覚悟しろ、年貢の納め時だと言ったんだ」

ぼくらは父の寝室に近づき、鍵を開けて、そっと忍び込み、足音を忍ばせて隣のロイの部屋に移動した。ロイは自分のベッドに横になり、安らかな寝息をたてていた。ぐっすりと眠っているようだった。高熱など出していないことは一目瞭然の寝顔だった。母は父をじろりと睨んだ。

「だけど、まちがいなくそう言ったんだって」父は声をひそめて囁《ささや》いた。

ぼくらが部屋にいる気配で、ロイもようやく眼が醒めたようで、面喰《めんく》らったような顔をした（いや、正しくは、これはずっとあとになってわかったことだが、面喰らったようなふりをした）。そして、きょとんとして「どうしたの?」と尋ねた。

「なんでもないのよ」と母は言った。「お父さんがいやな夢を見たんですって」

「そんなもの、見とらん」父は静かに、だが、きっぱりと言った。そのとき父は昔ふうの脇裾《わきすそ》にスリットの入った寝間着を着ていたのだが、それは父のように背が高くて痩せた人が着ると、実にさまにならない代物だった。そこで家族全員が落ち着きを取り戻し、各自の寝室に引きあげることにならないのが、わが家のわが家たる所以《ゆえん》だ。わが家で何かことが起こると、たいていそうなってしまうのだが、事態は収束に向かうどころか、かえって混乱しはじめた。

ロイがしつこく、何があったのかと尋ねるものだから、母が父から聞かされたことを、だいぶ誇張して伝えた。それを聞くと、ロイはようやく納得がいったという表情になった。「父さんの言ってることは、あべこべだよ」とロイは言った。ロイの言い分では、父がベッドから起き出してくる物音が聞こえたので、声をかけたのだという。すると、父は「おれが始末をつけてくる」と答えたそうな。そして「バックは階下《した》にいるんだ」と言ったらしい。

「誰なんです、そのバックっていうのは?」と母が父に問いただした。

「知るか。バックなんて知りあいはひとりもいないし、だいたいおれはそんなことなんぞ言ってない」父はぷりぷりしながら言い返した。ぼくらは誰ひとり(もちろん、ロイを除いて)、父のことばを信じなかった。

「夢ですよ、夢を見たんです」と母が言った。「そういう夢を見ることは誰だってありますよ」

「夢なもんか。夢など見とらんのに」と父は言った。この時点でだいぶご機嫌斜めになっていたようで、ドレッサーの鏡のまえに立ってブラシを手に取り、黙々と髪を撫でつけはじめた。父の場合、髪にブラシを当てると、それでたいてい気持ちが落ち着くようだった。

はっきり言って、これは非常識で恥ずかしいことだ、と母はぴしゃりと言った。いい年齢《とし》をした大の男が(というのは父のことであるが)、寝ていて夢を見たからというだけの理由で病気の子どもを真夜中に叩き起こすとは、なんたることだと言うのである。

実を言えば父はそれまでにも、いやな夢を見てうなされたことが何度もあった。その定番は、リリアン・ラッセル[1]とクリーヴランド大統領[2]に追いかけられるというものらしい。

それからもう三十分ほど、家族全員でそのことについて議論を重ねた結果、母は父を自分の寝室に寝かせると宣言した。「みんな、もう大丈夫だからね」母はきっぱりとそう言い、寝室のドアを閉めた。そのあともだいぶ長いこと、父はぶつぶつと文句を言い続け、ときどき母がそれをひと言でばっさりと斬り捨てるのが、ぼくのところにまで聞こえてきたのだった。

そんなことがあってから半年ほどして、父は、今度はぼくを相手にまた同じような状況に陥る。父はその時期、ぼくの隣の部屋を寝室にしていた。その日、ぼくは午後じゅうずっと、ニュージャージー州にあるパース・アンボイという市《まち》の名前を思い出せずにいた。わかってから考えると、実に簡単な名前ですぐに思い出せそうな気がするが、問題のその日には国じゅうのありとあらゆる都市の名前ばかりか、ふたつの語からできていれば何かの用語でも名前でも文句でも——たとえば、テラ・コッタやら、ワラ・ワラやら、船荷証券やら、その逆に《ヴァイシ・ヴァーサ》やら、いやはや《ホイッティ・トオイッティ》やら、ペル・メルやら、ボドリィ・ヘッドやら、シューマン・ハインクやら、その他もろもろ——焼き物から出版社からオペラ歌手の名前まで総動員してなんとか思い出そうとしてみたものの、パース・アンボイにはこれっぽっちも近づけなかった。挙げたなかでは、テラ・コッタが比較的近いような気もするが、まあ、それもさほど近いというわけではない。

床に就いてからもずっと、このことがぼくの頭を悩ませていた。灯りを消した部屋でじっと横になりながら、ぼくはいつしか、突拍子もない妄想にふけりはじめ、そもそもぼくが今、必死に名前を思い出そうとしている市はこの世に存在していない市なのではないか、とか、はたまたそもそもニュージャージーという州そのものが存在しないのではないか、ということまで考えたりした。それから〝ジャージー〟という語を何度も何度も繰り返してみたりもした。繰り返すうちにその語は意味を失い、愚かしげな響きを帯びてきた。どんな単語でもいい、夜の夜中、眠れないままその単語を何度も何度も、何千回も、何百万回も、何千億万回も繰り返してみていただきたい。

1　一八六一〜一九二二年。二十世紀初頭、最も有名だったアメリカの女優・歌手の一人。
2　スティーヴン・G・クリーヴランド（一八三七〜一九〇八年）。二十二代、二十四代米大統領。

必ずや穏当ならざる精神状態に陥ることだろう。ご多分に洩《も》れず、ぼくもじきに、この世にはぼく以外に人類はひとりも存在しなくなってしまったのかもしれない、から始まり、それに類するとてつもないことをあまた思い描くようになった。

やがて、そうして横になったまま、そんな突拍子もないことを考えるともなく考えているうちに、少々心配になってきたのである。こうして、乾いた台地《テラ・フィルマ》・ピグリィ・ウィグリィ・ゴルゴンゾーラ・プレスター・ジョン・凱旋門《アルク・ド・トリオンフ》・聖なるモーゼ様《ホーリー・モーゼス》・荒神様に大黒様《ラーレース・アンド・ペナーテース》などという、ありもしない市《まち》捜しに神経を磨《す》りへらしているうちに、気がへんになってしまうのではないか、と怖くなり、そんな精神状態のときには、可及的速やかなる人との触れあいが必要欠くべからざるものだと思えてきたのだ。この愚かしくも不安を掻きたてる妄想の泥沼に、これ以上足を取られたくなかった。ニュージャージー州のその市の名前をさっさと思い出して眠りに就いてしまわなければ、ぼくは精神錯乱に陥るかもしれない。そこで、ぼくはベッドを抜け出し、父が眠っている部屋に入っていって、父を揺さぶり起こした。

「……うぐぅ?」父は咽喉の奥で声をあげた。

ぼくはもっと荒っぽく揺さぶった。それでようやく父は眼を開けたが、まだ夢を見ているような、どことなく心もとなげな、とろんとした眼つきだった。「どうした？」眠気の絡んだだみ声で父は言った。

そのときのぼくは実際、かなり怪しげな眼をしていたのだと思う。おまけにぼくの髪はふだんから癖っ毛なので、夜になるともつれにもつれて手に負えない状態になる。「なんなんだ？」父はそう言いながら上半身を起こし、いつでもベッドの反対側から飛び出せる身構えになった。そのとき、父の心中にはおそらく、自分の息子はどいつもこいつも気がふれているか、もしくは気がふれかけているのか、との思いが去来したことだろう。今でこそ、それもむべなるかなと思えるが、その夜はそこまで考えがまわらなかった。例のバックの一件などすっかり忘れてしまっていたので、父の眼にはそのときのぼくの様子が、ロイが父をバックと呼んで、覚悟しろ、年貢の納め時だ、と告げた晩の様子と、まさにそっくりに映っていただろうことに思いが至らなかったのだ。

「ねえ、聞いて」とぼくは言った。「ニュージャージーの市《まち》の名前を挙げてみて、早く！」

時刻は午前三時をまわっていたと思う。父は起きあがり、ベッドの向こう側に降りてズボンを穿《は》きはじめた。

「服なんか着なくていいんだって」とぼくは言った。「ともかく名前を言って。ニュージャージーの市《まち》の名前を端から挙げてみて」

父は急いで服を着込みながら――今でも覚えているが、父は靴下を省略して素足のまま靴を履いていた――震える声でニュージャージー州のあちこちの都市の名前を挙げはじめた。ぼくから眼を離さないように、手だけ伸ばしてジャケットを取ろうとしている、あのときの父の姿は、今でもはっきりと思い出せる。

「ニューアーク」と父は言った。「ジャージー・シティ、アトランティック・シティ、エリザベス、パターソン、パセーイク、トレントン、ジャージー・シティ、トレントン、パターソン――」

「ふたつ続きの名前なんだ」ぼくは鋭く口を挟んだ。

「エリザベスとパターソン？」と父は言った。

「そうじゃないって」いらいらしてきて、ぼくはぴしゃりと言った。「ひとつの市のひとつの名前なんだけど、ふたつのことばからできてるんだよ。あたふた《ヘルター・スケルター》みたいに」

「あたふたね《ヘルター・スケルター》」父はそう言うと、そろそろと寝室の戸口のほうに移動しながら、こわばった口元をわずかに緩めて、うっすらと笑みらしきものを浮かべた。そのときにはわからなかったが、ぼくをなだめようとしたのだ——今はそのことがよくわかる。

戸口まであと数歩のところで、父は文字どおり一足飛びに戸口から飛び出し、ジャケットの裾を翻し、靴紐を踏んづけそうになりながら廊下を駆けだした。その逃げっぷりに、ぼくとしては唖然《あぜん》とするしかなかった。まさか、ぼくの気がふれてしまったのかと父が思っていようとは、想像すらしなかった。むしろ、父のほうこそ気がふれてしまったか、さもなければまだ半分寝ぼけていて、何かの競走に出ている夢でも見ているのだろうと思ったほどだ。ぼくは父のあとを追いかけ、母の部屋のドアのまえで追いつき、正気に返ってもらおうと父の身体に手をかけた。いくらか手荒に揺さぶったのは、そうすれば完全に眼が醒めると思ったからだ。

「メアリー！　ロイ！　ハーマン！」と父は叫んだ。

ぼくも負けずに大声を張りあげて、母と兄弟たちを呼んだ。

母はすぐにドアを開けた。母がそこに見たものは、半分ほど服を着ているものの靴下は履いておらず、シャツも着ていない父と、寝間着姿のぼくが、午前三時半過ぎという時刻にとっくみあい、大声で怒鳴りあっている姿だった。

「いったい、どうしたっていうの?」父とぼくを引き離しながら、母は怖い顔で尋ねた。ありがたいことに、母は家族のふたりぐらいなら優に相手にできるだけの力があり、そのうえ誰が何を言おうと、何をしようと、慌ても騒ぎもしない人だ。

「ジェイミーを見てやってくれ」と父は言った(父は興奮すると、ぼくのことをジェイミーと呼んだ)。母はぼくの顔をじっと見た。

「お父さん、どうしちゃったの?」と母に尋ねられて、さっぱりわからない、とぼくは答えた。父さんがいきなり起きあがると、服を着込んで部屋から飛びだしていったのだ、と言った。

「どこに行くつもりだったんです?」母は冷ややかな口調で父に尋ねた。父はぼくのほうを見た。ぼくも父もまだ息があがったままだった。それでもそうやって互いの顔を見つめるうちに、少しずつ呼吸がおさまり、落ち着きが戻ってきた。

「こいつはニュージャージーがどうのこうのと寝言を言うんだ、夜の夜中のこんな時間に」と父は言った。「おれの部屋に押しかけてきて、いきなりニュージャージーの市《まち》の名前を挙げてみろ、なんて」

母は今度もまたぼくの顔をじっと見た。

「訊いただけだよ」とぼくは言った。「思い出そうとしてるうちに、眠れなくなっちゃったんだもの」

「ほらみろ」父は勝ち誇ったように言った。

母は父のほうには眼もくれなかった。

「寝なさい、ふたりとも」と母は言った。「今夜はもうたくさん。どっちの話も聞く気はないわ。こんな真夜中に服を着替えて廊下をどたばた駆けずりまわるなんて！」母は寝室に戻ると、ドアをばたんと勢いよく閉めた。父とぼくも寝床に戻ることにした。

「おい、大丈夫か？」と父が声をかけてきた。

「父さんは？」とぼくは言った。

「ああ、おやすみ」と父は言った。

「おやすみなさい」とぼくも言った。

翌朝、朝食の席で、母はこの件を話題にすることを誰にも許さなかった。いったい全体、何がどうしたっていうんだい、と尋ねるハーマンに、母の放ったひと言は――

「もっと高尚な話をしましょう」

# 傍《はた》迷惑《めいわく》な人々

〝傍迷惑《はためいわく》〟……それは家族だけではなかった！

個性豊かな（ちょっとおかしな）家族に鍛えられたサーバー。そうして育《はぐく》まれた人柄が呼び込むのか、彼の周囲には続々と〝ちょっと変わった〟人たちが……

## E・B・W

数年まえ、とある紳士が「ニューヨーカー」誌のオフィスを訪ねてきて、E・B・ホワイトに面会を求めたことがあった。その紳士は応接室に通され、ホワイト氏には某《なにがし》なる人物が応接室で待っている旨伝えられた。そのころのホワイトは来訪者の名前に心当たりがなければ、むすっとした顔で非常階段からオフィスを抜け出し、来訪者が痺《しび》れを切らして帰ってしまうまで《シュラフツ》のレストランの涼しい店内に身を潜めることにしていた。別に召喚状の執行官を避けていたわけではない。脅迫者やたかりや変人を恐れていたわけでもない。プライヴァシーという神聖にして侵すべからざる花園をどた靴で踏みにじる、縁もゆかりもない他人が怖かったのだ。たとえば、今はミネソタ州のダルースで不動産業を営んでいるという大学時代の学生クラブの仲間から、紹介状を書いてもらって、それを免罪符ににこやかな笑みを浮かべて訪ねてくるような手合いを。

ホワイトにはわかっていたのだ、〝応接室〟に通した相手は執行官ほど、あるいは脅迫者ほど簡単には追い払えないということが。そいつに貴重な時間を理不尽に奪い取られてしまうかもしれない。いや、時間どころか、こちらの日々の暮らしにどっかりと腰を据えられ、その相当部分を不当に占拠されてしまうかもしれない。それも、ハイスクール時代、あなたの弟さんのリレーチームでアンカーを務めていた、とか、実はうちのかみさんがあなたの昔の恋人の妹だということがわかった、とか、西インド諸島めぐりのクルーズであなたの叔母さんとご一緒した、とかいう程度の理由で。それでも世の人は礼儀として、ささやかな好奇心と深い諦《あきら》めを胸に、観念した負け犬の物腰とこわばった笑みを前面に掲げて、応接室で待つ笑顔の来訪者との対面に赴《おもむ》くものだが、E・B・ホワイトはたいてい非常階段から脱出する道を選んだ。インタビュアーやカメラマンやマイクロフォンや演壇や文壇の茶話会や《ストーク・クラブ》を避けてきたように、〝応接室に通した来客〟から逃げつづけたのだ。E・B・ホワイトの人生はE・B・ホワイトただひとりのものである、というわけだ。

それなりに名の知られた作家で、《アルゴンクィン・ホテル》のロビーを突っ切ったり、《ジャック&チャーリーの21クラブ》のテーブルのあいだを擦り抜けたりしても、友人以外には正体を見破られずにすむのは、ぼくの知る限り、E・B・ホワイトただひとりだ。

だが、まあ、しかし、とりあえず応接室に待たせてある、例の来訪者のことに話を戻そう。

その日に限ってホワイトは、どうやら心理学で言うところの衝動強迫とやらに取り憑《つ》かれたようだった。その男に会って、用件を訊いてみることにしたのである。応接室にひとりぽつねんと坐っていた相手に向かって、ホワイトは声をかけた——「わたしがホワイトです」。男は立ちあがると、眼のまえの厚顔無恥な相手をひとしきり睨みつけてから、にこりともしないでこう断言した——「いや、あなたはE・B・ホワイトではない」。そのときはぎょっとして、一瞬、髪の毛が逆立ったよ、と当のホワイトも認めているが、ぼくとしては、そのとき、ホワイトの心臓は一瞬、ときめいたのではないかと主張してみたい。そして、相手の発言がまちがっていることに気づき、まちがいをまちがいのままにしておくことはできないと悟ったとき、ホワイトとしては、いささかがっかりしたのではないだろうか。きっと小さな溜め息をひとつついて、己の身元を明かし、その名前ゆえの重荷をその肩にまた担いなおしたことだろう。ぼくとしては、そんなふうに考えたいところだ（この注目に値する対面が、ぼくが今ここで紹介した、手に汗握る緊張の一瞬からその後どんな展開をたどったか、については、いずれぼくの回顧録に書こうと思っているので、この場ではここまでとさせていただきたい）。

「ニューヨーカー」誌がまだ船出したばかりのころ、捜索の対象となるこの人物は、エルウィン（神に誓って嘘じゃない）・ブルックス・ホワイトというフルネームで、点数は決して多くはないものの短篇や詩を発表していたことがある。今や隠遁《いんとん》生活をこよなく愛する詩人が、当時、なぜそこまで大胆にわが身をさらすようなことをしたのか、ぼくには想像もつかない。いわゆる若気の至りというやつか、自暴自棄が火花を散らした結果なのか……。いずれにしても、それは短命に終わった。長ったらしく名乗りをあげるという派手派手しさに、ホワイト自身が耐えられなくなったからだ。数年まえから、彼は不定期に寄稿するエッセイや詩に署名として、Ｅ・Ｂ・Ｗという頭文字しか入れていない。友人たちのあいだでは、アンディで通っている。エリーやウィニーや、その他もろもろのエルウィンの愛称では呼ばれずにすんでいる。コーネル大学に在籍していたおかげだろう。ホワイトという姓を持つ者がこの大学に入ると、ほぼ自動的にアンディという綽名《あだな》で呼ばれるようになるのは、どうやらコーネル大学の初代総長がアンドリュー・ホワイトという名前だったという、実になんとも単純にして理由とも呼べないような理由によるらしい。

ホワイトの上司である「ニューヨーカー」誌の伝説的な名編集者、ハロルド・ロスが首を傾げ、また大いに気を揉《も》んだのは、彼のお気に入りにしてかけがえのないこのアシスタントが人を避け、浮世離れした生き方を尊び、苔《こけ》むした岩の陰に身を隠し、ロス流の呼び方をするなら、反社会的言動を見せたことだ。グルーチョ・マルクスからダルフージー卿の末裔まで一万もの人間と親交があり、席の温まる間もないほど社交的な男にとって、ウォルデン湖の静謐《せいひつ》の精神はどうやら理解しがたいものだったらしい。

今や昔、一九二〇年代がそろそろ終わろうというころ、ロスのもとには、それこそ何百人もの人たちがラブコールを送って寄越した。「ニューヨーカー」誌の、当時からすでに注目の的だった巻頭ページに、他の誰にも書き得ない、独特の趣《おもむき》があっていぶし銀のような、それでいて水晶のような文章を書いている人物にぜひとも引き合わせてほしい、というのである。ホワイトは文壇のパーティーを含めて、およそパーティーと名のつくものには出席を断りつづけていたが、ある日のこと、ロスはさる女流作家の家庭訪問にホワイトを連れ出したことがある。ロスのことば巧みな勧誘に、ホワイトはどういうわけか、その女流作家はひとりで家にいるものと思い込んだらしい。家のドアが開くと、ロスはすかさずホワイトを玄関ホールに押しやった。居間には人が大勢詰めかけていて、そこから洩《も》れ聞こえてくる話し声の騒々しいこと。その一方的に決めつけるような我の強い口調は、まぎれもなく物書きや絵描きたちのものだった。

ロスはそこで、自分が先に立って居間に入っていくという致命的な判断ミスを犯した。居間に入ってふと振り返ると、この内気な青年は音もなく姿を消していた。そう、ホワイト青年は家の奥に進み、あちこちで踏み迷い、躾《しつけ》の行き届いた召使い諸君をびっくり仰天させ、裏口から戸外《そと》に出た。木立やら生け垣やら何やら彼《か》やら、行く手に立ち現われるあまたの障害物をことごとく乗り越え、お辞儀やお世辞や文学談義はそれらを好物とする作家連中に任せて、自分は何よりも大切にしている自由へと見事脱出を果たしたのである。

「きみには会ってみたいと思う人物はいないのか？」とロスはあるときホワイトに尋ねてみたそうだ。難問を突きつけられたホワイトは、真剣な面持ちで長いこと考え込み、しかるのちこう答えた——「います。ウィリー・スティーヴンスとヘレン・ヘイズです」。ロスはただちに、ニューヨークで一席設け、ウィリー・スティーヴンス[1]を招待するべく算段に取りかかった。これこそハロルド・ロスという人物が、思い込んだらまっしぐらに突進する勢いとあとには引かない熱意の持ち主であるという、何よりの証左だろう。その晩餐の席には、ほかにはミス・ヘイズ[2]とホワイトしか招かれないことになっていた。ところが、残念な報告をしなくてはならない。このささやかな集いは、結局、実現しなかったのである。ウィリー・スティーヴンスには、そうした

1　一九二二年、ニュージャージー州で起きたホール牧師・ミルズ夫人殺害事件の容疑者。聖職者の不倫が疑われる事件のため、公判は注目を集めた。師の義兄スティーヴンスは奇行癖があり、当初有罪とみなされていたが、警察の初動捜査の不備もあり、無罪放免となった。

2　一九〇〇〜九三年。アメリカの女優。九歳でブロードウェイに進出、以降〝ブロードウェイのファースト・レディ〟と称され、演劇界で愛され続けた。数々の映画にも出演し、アカデミー賞も受賞。

招待を寄越す知りあいが、きっと山ほどいたのだろう。いやと言うほど繰り返して、すっかり板についた……どころか、もはや大家の風格さえ感じられる丁重で、鷹揚で、いかにも旧世界的な態度で、ハロルド・ロスの招待を断ってきたのだ。それでもロスは豪腕を発揮して、ホワイトをヘレン・ヘイズに会わせるところまでは漕ぎつけた。ぼくが洩れ聞いたところでは、ふたりはきわめて短く、きわめてぎごちなくことばを交わしたそうだが、われらが主役はそのあいだじゅう、つまらなそうな顔をして自分のほうからはろくに口もきかず、対面が終わったときには実に嬉しそうな顔をしたと言われている。ミス・ヘイズのほうも、たぶん、同じ思いだったのではないだろうか。

そういう男、E・B・Wは、ニューヨーク州のマウント・ヴァーノンに生まれ、オリヴァー社の古めかしいタイプライターを玩具《おもちゃ》がわりに叩いたり、父親の納屋の風見を空気銃で撃ったりしながら、ごく普通の、ごくごくまっとうな少年時代を過ごした。コーネル大学に進学すると、その地元のカユーガ湖界隈の平均的な文学水準をはるかに凌駕《りょうが》し、これは驚異の天才のきらめきではないかと言われるような散文を物し、文学部の教授連中を驚嘆させ、魅了した。ホワイトが主筆を務めていた当時の「コーネル・サン」は、アメリカで最も読ませる大学新聞だったにちがいない。卒業後はハワード・クッシュマンという友人とふたりで、T型フォードを運転してアメリカ大陸を横断した。手元不如意になると、ふたりはホワイトが針金と履き古した靴とその他もろもろとでこしらえた摩訶不思議《まかふしぎ》な楽器を演奏して夕食代を——ついでにガソリン代も——稼いだ。そして、この若き探検家は、シアトルの市《まち》で「タイムズ」紙の記者として職を得る。〝めった斬りにする〟というような動詞はご法度《はっと》とされていた新聞だ。ある日、市の死体安置所で妻の死体と対面した哀れな夫の悲痛な叫びを正確に報道しようと、ホワイトは「なんてこった、こいつはかみさんだよ」と書いたところ、社会部長はそれを「なんということだ、これは家内だ」と書きかえた。そこで、われらが放浪者は哀しみのうちに、人間というものをもっと深く理解し、英語という言語を使うことにおいてもっと繊細な感性を大切にする、そういう人たちのもとへと職場を移した。アラスカ行きの船の食堂係の職を得て、もとは捕鯨船に乗っていたという老船長に怒鳴られ、乗組員たちにこき使われることにしたのである。彼らはみな、男なら細君が死んでいるのを見つけたときには、〝こいつはかみさんだ〟と叫ぶものだと知っていた。

「ニューヨーカー」誌が創刊されてほどなく、E・B・ホワイトという無名の青年からときどき編集部宛てに原稿が送られてくるようになった。広告代理店の制作アシスタントをしている男のようだった。ハロルド・ロスと文芸担当編集者のキャサリン・エンジェルは、そのころ奮闘を強《し》いられていた「ニューヨーカー」が何より必要としていた完璧な眼と耳が、本物の声と語り口が向こうから舞い込んできたことにすぐに気づいた。ところが、この引っ込み思案な物書きをことば巧みに誘い出して打ち合わせに漕ぎつけるまでに、何カ月も要したし、さらにオフィスで仕事をするように説得するのに、これまたさらに何週間もかかった。かくしてホワイトはようやく、毎週木曜日を「ニューヨーカー」のために空けることで同意した。

アンディ・ホワイトが「ニューヨーカー」にとって余人を以《もっ》て代え難い存在となったことは、もちろん言うまでもない。掲載予定の作品に彼がさりげなく手を加えると、ゆとりと気品が醸し出された。寄稿欄のしたの余白に載せる埋め草的な記事にホワイトがつける〝落ち〟は、じきにニューヨークのあちこちで、嬉々とした声で読みあげられるようになった。《街の話題《トーク・オヴ・ザ・タウン》》欄に彼が寄せる原稿は、とりわけ巻頭の《感想と意見《ノーツ・アンド・コメンツ》》は、ロスがそれまで夢にまで見ていた輝かしき新機軸を打ち出すこととなった。また、漫画のキャプションも数多く手がけていて、なかには歌の歌詞や人々の語り種《ぐさ》や社説や論説や、もっと言うならば説教にまで（たいていはまちがって）引用されたものもある。たとえば――「ちがう、これはほうれん草よ、だからヤダって言ってるの」

ホワイトはなんでもこなした。広告のコピーを書いたことも何度かあるし、なんと表紙を描いたことまである。ある日、ぼくが何の気なしに落書きしてそのへんに放り出していた鉛筆画を「ニューヨーカー」に載せるべきだと言い出して、勝手に絵を選び、インクを入れ、キャプションをつけて、ロスを含めて誰もが唖然としているうちに、「ニューヨーカー」に載せてしまったこともある。

アンディ・ホワイトはベゴニアと子どものことに通じている。カナリアと金魚にも、ダックスフントとスコッチテリアにも、また人間と人間の真意についても深く理解している。その耳は、宇宙の雑音のような規模の大きなものばかりでなく、時間《とき》を刻む時計の針音のような、ごくかすかな物音も聞き取る。卓球をさせるとなかなかの腕前で、ピアノもうまいが、ポーカーは下手くそだ（あるときなど、ジャックを四枚持っていたのに、ひと組のトランプにはジャックは八枚入っているとなぜか思い込み、自分はそのうちの半分しか持っていないと勘違いして勝負をおりてしまったことがある)。ブリッジを覚えることと生命保険に加入することは断固として拒否している。

そう言えば、一度、飛行機のパイロットを千ドルで雇って、荒天のルーズヴェルト空港からシカゴまで、夜も明けやらぬうちに飛んでいこうとしたことがある。何やら謎めいた電話がかかってきて、シカゴの友人が困ったことになっていると思い込んでしまったのだ。ところが、途中、ピッツバーグの空港に緊急着陸をしなくてはならなくなったものだから、ホワイトは結局、ミシガン湖が波静かだということを自分の眼で確かめるだけのために、大枚八百ドルを投じ、おまけにピッツバーグからの帰路の汽車賃まで払うことになった。

命知らずの悪党どもが、喧噪とは無縁のタートル・ベイの車庫からホワイトのビュイックのセダンを盗み出し、州北部で銀行を襲うのに使用したときには、ニューヨーク州警察から、大掛かりな凶悪犯罪の陰で糸を引いた〝黒幕〟ではないかと疑われた。あっという間に刑事たちが大挙して押しかけ、何日にもわたってオフィスに出入りし、テーブルのしたをのぞき込み、あれこれ訊きまわり、わけのわからない走り書きのメモやら歯医者の予約日時やら何かのマークやら電話番号やら写真やら壁に無秩序に貼られた地図やらを、さも疑わしげに見つめてはしきりに首を傾げたりして、しばらくすると、またあっという間に引きあげていった。だが、それ以来、ぼくはサイレンの音を聞くたびに、あれはひょっとしてホワイトのところに向かってきているのではないかと思ってしまう。この元容疑者は斧とライフル銃とカヌーを所有してはいるが、正真正銘の善人で、数年まえから、カナダ奥地にある少年のためのキャンプ施設を共同で運営したりもしているのだ。また三十フィートのヨットを操ることにかけては、玄人《くろうと》はだしの腕前でもある。好きな本を二冊挙げろと言われれば、『ヴァン・ザンテンの幸福な日々』とアラン・フルニエの『モーヌの大将』を選ぶような人物だ。田舎にいるときは花粉症に苦しめられ、街中にいるときは眩暈《めまい》に悩まされる。なんでも、普通の眩暈とは霧と雨ぐらいちがうらしい。毎日、このままではいずれ殺されてしまうのではないかと思うようだが、何に殺されるかはその日によって、黴《かび》だったり、小さな虫だったり、ハックルベリー・パイだったりするようだ。

数年まえ、メイン州に農場を買い、今はホワイト夫人となったキャサリン・エンジェルと一年を通じてその農場で暮らしている。七面鳥の蚤《のみ》を駆除したり、チャボの産んだ卵を集めたり、ネズミに侵入されないクロゼットをこしらえたり、古い暖炉を撤去して新しい暖炉を据えたりすることで、日々を過ごしている。ソローはかつて

「世間は個人に群がり、その眼をふさぎ、自然の美しさを遮断してしまう。また人間の健全な欲求を阻害するものでもある」と述べたが、アンディ・ホワイトの場合、そうした感慨は薬にしたくもないようだ。ときどき、日の出と乳しぼりの時間のあいだに、「ニューヨーカー」のためにエッセイや詩を書いたり、本を書いたりしている。彼の書くものは、樹木のような美しさを備えたものが多い。たとえるなら、初霜が降りたばかりの砂糖楓《さとうかえで》のような、雪の重みに枝をしならせる桜の樹のような。少なくとも、ぼくにはそんなふうに思える。これから先、彼が何をするつもりなのか、それはぼくのあずかり知るところではない。だが、これまでやってきたことをこれからも続けてくれるなら、ぼくとしてはそれだけでもう充分に嬉しい。

「サタデー・レヴュー」一九三八年十月十五日号掲載

## 誰よりもおかしな男

ぼくがジャック・クローマンにはまだ会ったことがないと言うと、誰もが意外そうな顔をした。

「ほんとかよ、おい。まさか、ジャック・クローマンを知らない人間がいようとはね、それこそびっくりだよ」とポッターが言った。ポッターというのは大兵《だいひょう》肥満《ひまん》の男だ、身も心も。「ともかく、おかしなやつだよ、あいつは」ポッターは膝を打ってからからと笑った。「あんなおかしなやつ、ほかにいやしないね」

「ああ、確かにおかしな男だ」ほかの誰かが言った。

「一種の天才よ」物憂げな口調でそう宣《のたま》ったのは、ぼくが苦手としている、さるご婦人だった。ぼくはその場に居合わせた面々をぐるりと見まわし、ジョー・メイヤーを除くと、誰に対しても実はさほど好感を持っていないことに気づいた。だが、まあ、そんなふうに言ってしまうのは、不公平というものかもしれない。何しろ、ぼくがよく知っているのは、そのなかではジョーだけなのだから。ほかの連中はジョーとぼくがついていたテーブルに、あとから加わったのだ。そして、誰かがジャック・クローマンの名前を出したとたん、その場の全員がどっと笑いだしたのである。

「ジョー、きみは知ってるのか、そいつのこと?」ぼくは尋ねた。

「ああ、知ってるよ」とジョーは言った。そのときは笑っていなかった。

「ほんとかよ、おい」ポッターがまた言った。「おれなんか、もう、死ぬまで忘れられないぜ、ジャップ・ルドルフの家《んち》で過ごしたあの晩のことは特に。すごかったもんな、あの晩のクローマン。もう二年まえになるかな、ほら、エド・ウィン[1]がこっちで新しいショウに出はじめたころで——ええと、なんてったかな? 『どこまでもあほな男』じゃなくて……」

「『どこまでも馬鹿な男』だろ?」誰かが言った。

「うん。でも、そうじゃないんだよ」とポッターは言った。「ええと、なんて言ったかな、あのショウのタイトル……まあ、いいや。それはどうでもいいんだ。ともかく、そのショウに出てくる場面に、こんなのが——」

『シンプル・サイモン』じゃなかった？」クリールの連れのブロンド娘が口を挟んできた。

「いや、それよりまえのやつ」とポッターは言った。

「ああ、わかったわ」とブロンド娘は言った。「あれよ、ほら――ええと、なんだっけ？　ほら、あれ――そうそう、『マンハッターズ』！」

「『マンハッターズ』には、エド・ウィンは出てなかったよ」クリールが異を唱えた。「ウィンはあのショウには出てなかった」

「まあ、どっちでもいいよ、そのあたりのことは」とポッターは言った。「ともかく、そのショウのなかで、エド・ウィンが言う台詞《せりふ》に――」

「『マンハッタン・メアリー』だよ！」グリズウォルドという男が叫んだ。

「ああ、そうそう。それだよ、それ」ポッターはまた膝をぴしゃりと叩いた。「で、そのなかでエド・ウィンがロープを持って出てくる場面があるんだよ。ロープっていうか、投げ縄みたいなやつを持って――」

1　一八八六～一九六六年。アメリカのコメディアン。

「端綱《はづな》だよ」とグリズウォルドが言った。「あれは端綱って言うんだ」

「ああ、そうか、そうだな」とポッターは言った。「で、その端綱を持って出てくるんだけど――」

「誰が?」ジョー・メイヤーが尋ねた。「クローマン?」

「ちがう、ちがう」とポッターは言った。「エド・ウィンだよ。エド・ウィンが端綱を持ってフットライトのところまで出てくると、別のやつが訊くんだよ――そんなロープなんか持ってどうしたんだ、端綱なんか握り締めちゃって、いったいどうするつもりなんだ、ってな。するとエド・ウィンはこう言うんだよ、『おや、おれは馬をなくしたのか、それともロープを拾ったのか――』」

「いや、こう言ったんじゃなかったか」グリズウォルドが言った。「『おれはロープを拾ったのか、それとも馬をなくしたのか?』――馬をなくしたってほうがあとに来たほうがおかしいだろ?」

「それは、まあ、そうかな」とポッターは言った。「ええと……で、ともかく、ジャック・クローマンはそのネタを頂戴して、手を替え品を替えやってみせるんだよ。ジャップ・ルドルフのうちに呼ばれた晩なんか、みんなこのまま笑い死にするんじゃないかと思ったぐらい笑ったぜ」

「ほんとほんと、死ぬかと思った」ジョー・メイヤーも言った。

「いったい何をやったんだい、そのクローマンって人は？」みんなの笑い声をひとしきり聞かされたところで、ぼくは割って入って尋ねた。

「それはだね、つまり」ポッターは言った。「たとえば、キッチンに行って、ユニーダの八角形のソーダクラッカーを一枚だけ持ってくるんだよ。でもって、こんなふうに言うわけさ、『おや、おれはクラッカーをひと箱なくしたのか、それともクラッカーを一枚拾ったのか？』ってな。順序はこれでいいんだよな、グリズ？――『クラッカーをひと箱なくしたのか、それともクラッカーを一枚なくし……』じゃなかった――『クラッカーを一枚拾ったのか』だな」

「そう、それでいいんだと思うよ」とグリズウォルドは言った。

「うん、そうだな。それで合ってる気がする」ジョー・メイヤーも言った。

「それから、もう、そこらへんにあるものを手当たり次第って感じで取りあげちゃ、同じことをやってみせるんだよ」ポッターが言った。「そのうちに部屋から出ていったかと思うと、三十分近く経《た》っても戻ってこないのさ。で、ようやく階段を降りてきたと思ったら、蛇口を眼のまえに掲げて言うんだな、『おや、おれは湯船をなくしたのか、それとも蛇口をひとつ拾ったのか？』。信じられるかい、クローマンのやつ、二階のバスルームの蛇口をわざわざはずして階下《した》まで持ってきたんだぜ。な、わかるだろ、おれの言いたいこと？　笑ったかって？　笑ったなんてもんじゃないね、あのときは本気で死ぬかと思ったよ」

その問題の晩にジャップ・ルドルフ邸に居合わせた連中が、どっと笑い崩れた。

「だけど、そんなのは、まだまだほんのご挨拶だったんだよ」ポッターは話を先に進めた。「ここからが、真骨頂ってやつでね。午前二時をまわったあたりで、クローマンのやつ、またしてもこっそりと部屋を抜け出したのさ。で、どうしたか？　今度はなんと戸外《そと》に出ていったんだよ。それでさ、何を持ってきたと思う？　もう、おったまげたなんてもんじゃないよ。礼拝堂の内陣の手すりだよ。そう、そうなんだよ。いや、いや、いや、嘘でも冗談でもないんだって、これが。あの野郎、どんな手をつかったのか教会の礼拝堂に忍び込んで、内陣の手すりの一部をひっぺがして持ってきやがったんだよ。でもって、ルドルフのうちの玄関に立って曰《いわ》く――『おや、おれは教会の礼拝堂をなくしたのか、それとも内陣の手すりを拾ったのか？』。ありゃ、傑

作だったねえ。うん、最高に傑作だった。ジャップのかみさんのヘレンはもう寝室に引きあげてたんだけど——気分がよくないとかでさ——みんなで起こしてきて、で、クローマンのやつがもう一度、同じことをやってみせたんだ。いやあ、あれは傑作だったよ、ほんとに」

「そりゃ、きっと、何かと愉快だろうね、そういう男がいてくれると」とぼくは言った。

「でも、いつ何時笑い死にするかもしれないんだぜ」とポッターは言った。

「ああ、まったくだ」ジョー・メイヤーも言った。

「そう言えば、彼、また新しいギャグを考えついたのよ」ご婦人のひとりが言った。「それがもう、おかしいなんてもんじゃないの。ポケットに入ってたものとか、テーブルに載ってたものとかを、次から次へとみんなのまえに出してみせて、でね、それを自分が発明したみたいなことを言うの。もう何年もまえからあるようなものを、たとえば鉛筆みたいなものを選んで、自分がいかにしてある晩、その着想を得たかってことを延々としゃべるわけ。そうやって次から次へと、確か、二十ぐらいのものを出しては語り、語っては出したのよ、ジャップのうちで——」

「ジャップ・ルドルフのうち?」ぼくは尋ねた。

「ええ、そうよ」とご婦人は言った。「あの人、ジャップのうちが気に入ってるらしくて、入り浸りなの。ジャップのうちに行けばたいていいるから、あたしたちまで入り浸りなのよ。でね、その晩のことなんだけど、彼はまず、ほら、〈ライフ・セイヴァーズ〉って薄荷《はっか》のドロップがあるじゃない、浮き輪みたいな形のやつ。その包みを開けて、みんなにひとつずつ配ってから——」

「ああ、あれね。あれは覚えてる」とポッターは言って、今度もまた膝を勢いよくぴしゃりとひとつ叩き、げらげら笑いだした。

「みんなにひとつずつ配ってから」ご婦人は話を続けた。「ひとりひとりに意見を訊くの。商品として売れると思うかって。『実は先日、ふと思いついて作ってみたもんなんですがね』なんて言って。それから、そのアイディアを思いついたときのことを、もちろんでたらめもいいとこなんだけど、それを話し始めるわけよ。調子よく、ぺらぺらとしゃべりたいだけしゃべると、それから——」

「それから、今度はポケットから鉛筆を取りだすんだよ」ポッターが話を横取りして言った。「でもって、鉛筆のお尻についてる消しゴムについてどう思うかって、みんなに訊くんだよ。『実は先だっての晩にふと思いついた、ちょっとした工夫なんですけどね』とか言ってさ。それから、ではこれよりその使い方をご説明しますってことで、みんなに一枚ずつ紙を配っておいて言うわけさ――『さて、みなさん、各自お手元の紙に鉛筆で何か描いてみてください。なんでもかまいませんよ、わたしは見ませんから』。で、さっさと別室に引っ込んじまうんだ、みなさんが描き終わったら呼んでくださいって。それで、みんなは言われたとおり紙に何か描くだろう？　それから誰かが呼びに行くわけさ――」

「いつもそうなんだ。あいつが別室に引っ込んじまったのを、誰かが呼びに行くって展開になるんだよ」ジョー・メイヤーがぼくに言った。

「そう、そう。そうなんだ」ポッターも言った。「すると、あいつは袖をまくりあげて出てくるんだよ。手品師みたいに。それで――」

「でも、いちばんおかしいのは――」先ほどポッターに話を横取りされたご婦人が、負けじと口を挟んできた。

「それで、みんなから紙を集めてまわると、みんなが描いたものを一枚ずつ消しゴムで消しながらこう言う――『まあ、こんなものはおまけみたいなもんですからね。商品化するつもりは、まったくないんです』。笑ったかって？　笑ったなんてもんじゃないね、あのときこそほんとのほんとに死ぬかと思ったよ。いやあ、見せたかったね、きみにも。実際に見てみないとね。なんせ、あいつの醸しだす雰囲気っていうか、あいつの態度というか、それが大きいんだよ。それはもう、ものすごく真面目くさってるんだ。何をやるにも、真面目くさってるんだよ。徹底的に。にこりともしないでやるんだから」

「でも、いちばんおかしいのは——」先ほどポッターに話を遮られたご婦人が、今度はもっと大きな声で言った。「やっぱり、あのいんちき手品師じゃない？　あのトランプを使ってやるやつ。あの人ったら——」

「ああ、それは言えてる」ポッターはそう言うと、騒々しい笑い声をあげ、またしても膝をぴしゃりと勢いよく叩いた。「あいつときたら、トランプを使っていんちき手品をやってみせるんだ。こんなふうに——」そこでポッターは堪《こら》えきれなくなったのか涙が出るほど笑い転げた。どうやら当該人物の滑稽《こっけい》な仕種《しぐさ》を、あまりにも鮮烈に思い出してしまったらしい。ポッターが笑いをおさめるまでに、それから数分ばかり時間が必要だった。

「まずは、こんなふうにトランプをひと組取り出して——」ポッターはようやく話を再開した。「こんなふうにトランプをひと組取り出して——」クローマンがひと組のトランプを取り出すイメージにまたしても堪えきれなくなったのか、話し手は腹を抱え、身をよじりながら、ひとしきり笑い転げた。

「あいつは、こんなふうにトランプをひと組取り出して——」しばらくして、ポッターは涙を拭《ぬぐ》いながら、もう一度改めて話に取りかかった。「好きなカードを一枚引いてくださいって言うんだよ。それで、言われたほうはそのとおりに一枚引くよな。そうすると、『では、この山のどこでも好きなところに戻してください』と言うわけさ。で、言われたほうはそのとおりに戻す。で、あいつはあれこれやるんだよ、こんなふうに手を動かしたりして——」

「手品師みたいに、だろ?」ジョー・メイヤーが言った。

「そう、そうなんだ」とポッターは言った。「でさ、わざと間違ったカードを出してみせるんだよ。でなけりゃ、こっちが引いたカードを先にちらっとのぞいておいてから、そのカードが出てくるまで一枚ずつめくっていったり、あるいは——」

「ときどき、トランプをテーブルに置いちゃって、知らん顔することもあるよな、手品なんて誰が始めたんだいって顔でさ」グリズウォルドが言った。

「そのクローマンって人、物真似をしますか?」ぼくは尋ねた。ジョー・メイヤーがテーブルのしたでぼくの脛《すね》を蹴飛ばした。

「物真似をするか、だって?」ポッターが心外だと言わんばかりの声を張りあげた。

「そういうことなら、話さないわけにいかないな。まあ、聞いてくれって——」

## ツグミの巣ごもり

月曜日の夜、マーティンはブロードウェイのいちばん混雑している煙草《たばこ》店で、キャメルをひと箱買った。ちょうど劇場街の開演時刻が迫っていたこともあって、七、八人の男が煙草を買おうとしていた。店員はマーティンのほうに眼を向けようともしなかった。買った煙草をオーヴァーコートのポケットにしまって、マーティンは店を出た。

マーティンのそんな姿を、もしF&S社の社員が目撃していたら、びっくり仰天したにちがいない。マーティンが煙草を吸わないことは、社内では知らない者はいなかったし、実際、マーティンは生まれてこのかた煙草というものを吸ったことがなかったのである。だが、彼が煙草を買ったこの現場を見た者はひとりもいなかった。

マーティンが、アルジン・バローズ夫人を消そうと決心したのは、ちょうど一週間前の、同じく月曜日のことだった。〝消す〟ということばは、悪くなかった。過ちを訂正するという程度のニュアンスしか感じないからだ。この場合の過ちとは、フィットワイラー氏の犯した過ちを指す。

この一週間ほど、マーティンは毎晩、その計画の立案と検討に時間《とき》を費やしてきた。今夜もこうして家路をたどりながら、もう一度最初から計画を見直した。計画にはある種の不確定要素が含まれていて、予断を許さなかった。それを思うと、これでもう百回めぐらいにはなりそうだったが、居ても立ってもいられなくなった。マーティンの練りあげた計画というのは、それぐらい大胆で、場当たり的な側面があり、それだけに危険も大きく、実行に際してはいつ何時、不具合が生じるやもしれぬ恐れがあったのである。

しかし、だからこそ、巧妙な計画だと言うこともできた。F&S社の文書課長である、あの慎重にして勤勉実直なアーウィン・マーティンの関与を疑う者など皆無にちがいない。何しろ、アーウィン・マーティンはフィットワイラー氏をして「人というのは得てして誤りを犯すものだが、その意味においてマーティンは人ではない」と言わしめたほどの慎重居士なのだ。誰ひとりとして彼を疑う者はいないはずである。現場を押さえられない限りは。

アパートメントに帰り着き、腰を降ろしてミルクを飲みながら、マーティンはこの七日間、毎晩してきたように、アルジン・バローズ夫人に対する彼なりの起訴事実を再度審理した。

まずはそもそもの発端から着手した。あの女のアヒルのようなしゃべり声とロバのいななきを思わせる笑い声がF&S社の廊下を初めて穢《けが》したのは、一九四一年三月七日のことだった（マーティンは日付を覚えるのが得意だった）。人事課長のロバーツ爺やが社員一同に彼女を引き合わせ、このたび社長のフィットワイラー氏付きの特別顧問に就任した人物と紹介したのだった。彼女をひと目見るなり、マーティンは総毛立ったが、そんな素振りはおくびにも出さなかった。心のこもらない握手を交わし、仕事に気を取られていて余裕がないと言いたげにうっすらと笑みを浮かべてみせた。するると、相手はマーティンのデスクのうえの書類に眼をやり「おや、まっ」と言ったのである。「あなた、溝から荷車を引きあげようとしてるとこ？」

ミルクを飲みながらそのときのことを思い出して、マーティンは落ち着きなくもぞもぞと身をよじった。目下、この場ではあの女が特別顧問として犯した罪過を糾弾すべきなのであって、個人的な性格の欠陥をあげつらう場ではないからだ。

しかし、たとえこうして異議を申し立ててそれが認められようとも、厳密な線引きはなかなか難しいことだった。マーティンの頭のなかでは、裁判長の指示に従わず、証人がひとり勝手に発言をつづけるように、あの女の女としての欠点があとからあとから浮かびあがってきていた。何しろ、あの女には、かれこれもう二年近くにわたって、いいように苛《いじ》められてきたからである。廊下でも、エレヴェーターでも、ときには彼のオフィスにまでまるでサーカスの馬のように躍り込んできて、あのわけのわからない質問をのべつ幕なしに浴びせかけてくるのだ──「おや、まっ、溝から荷車を引きあげようってわけ？　豆畑をほじくり返しているとこ？　天水桶をのぞき込んで大声でどなってるのね？　ピクルスの樽を引っかきまわしたりして？　ツグミの巣に陣取って巣ごもりってわけ？」

こうしたわけのわからない言いまわしの意味を説明してくれたのは、マーティンのふたりの部下のうちのひとり、ジョーイ・ハートだった。

「ああ、あのおばさん、たぶん、ドジャーズのファンなんじゃないかな」ジョーイ・ハートは言った。「ラジオでドジャーズの試合を中継してるときに、よくレッド・

バーバーが、ああいう言いまわしを使うんです——南部で覚えてきたんでしょうね」。それからジョーイ・ハートはひとつ、ふたつ、例を挙げて解説してくれたのだ。「豆畑をほじくり返す」というのは大暴れに暴れまくることで、「ツグミの巣に陣取る」というのは有利な立場に立ってほくほくしていることで、たとえば野球で言うなら、カウントがノー・ストライク、スリー・ボールになったときのバッターの置かれた状況などに使うとのこと。

だが、この罪状も、マーティンには努力の要ることではあったが、今この場ではともかく却下することにした。気に障ることではあったし、場合によってはあやうく逆上しそうになったことも一度や二度ではなかったが、根が堅実な男だけに、そんな子どもじみた理由から人を殺す気になったわけではない。

それにしても、われながらよく我慢したものだ——バローズ夫人に対する主たる訴因の吟味に取りかかりながら、マーティンは自分で自分を褒めてやった。うわべだけは常に寛容にして丁重に振る舞ってきたのだ。おかげで、あるとき、もうひとりの部下であるミス・ペアードにこんなふうに言われたほどだ——「あら、課長、あたしはてっきり、課長はあのおばさんのことがお好きなんだとばかり思ってました」。マーティンとしては、ただ薄笑いを浮かべるしかなかった。

マーティンの頭のなかで裁判長の木槌《きづち》の音がして、本件の本来の訴因である特別顧問として犯した罪過の総ざらいが再開された。

アルジン・バローズ夫人は故意に、露骨に、執拗に、F&S社の業務を妨げ、組織そのものを破壊しようと試みた廉《かど》により、ここに告発されている。であるなら、ここで、彼女が出現し、その勢力を拡大させていった過程を再検証しておくのは、きわめて妥当かつ重要であり、本件に関連ありと認められるものである。

そもそもの情報源はミス・ペアードだった。ミス・ペアードは情報を仕入れることにおいて特異な才能の持ち主であるらしい。そのミス・ペアードによると、バローズ夫人はとあるパーティーでF&S社社長のフィットワイラー氏と出会い、その席上、彼を筋骨隆々たる酔漢の抱擁から救い出したというのである。その男はどうやら、F&S社の社長をミッドウェスタン・フットボール・リーグを引退したある有名なコー

---

1　ウォルター・ラニアー・〝レッド〟・バーバー（一九〇八〜九二年）。アメリカのスポーツキャスターのパイオニア。巧みな実況中継で野球人気を盛り上げ、後に野球殿堂入りした。

チと勘違いして、いきなり抱きついてきたようだった。バローズ夫人はそれから社長をソファに誘導して坐らせ、いかなる手練手管《てれんてくだ》を駆使したものか、世にも奇妙な魔法にかけた。老社長はそこで一足飛びに、このご婦人は類《たぐい》まれなる素養の持ち主で、自分にとっても会社にとっても、うちに秘めたる最善のものを引き出すであろう人物だと即断してしまったのである。そして、その一週間後、社長はそのご婦人を社長付きの特別顧問としてF&S社に入社させてしまった、というわけである。

その日がすべての混乱の始まりとなった。ミス・タイソンとブランデージ氏とバートレット氏が馘首《クビ》になり、憤慨したマンソン氏がこれ見よがしに帽子をかぶり社屋を出て行き、あとから辞表を送りつけてくるという事態になると、人事課長のロバーツ爺やも黙っていられなくなって、勇気を奮い起こして社長のもとに直談判《じかだんぱん》に乗り込んだ。そして、マンソン氏の課は〝いささかゴタついて〟いるようなので、従来どおりの運営体制に戻したほうがよくはないかと進言した。

フィットワイラー社長の答えて曰《いわ》く——とんでもない。我が輩はバローズ夫人の判断に絶大なる信頼を寄せている、あいつらはたるんどるようだから、ぴりっとさせにゃならんだろう？　ちょいとひと味加えてやらなくちゃならないのさ。「そう、ちょいとひと味——それだけのことじゃないか」とこともなげに言い添えた。それで、ロバーツ爺やは諦めてしまったのである。

マーティンはさらに、バローズ夫人によってもたらされた社内の変革をつぶさに検討していった。彼女は初め、会社という組織の、言わば軒蛇腹《のきじゃばら》をかち割ろうとしている程度だったものが、今や鶴嘴《つるはし》を振りあげて土台から叩き壊そうとしているのだった。

そして、論告をまとめるに当たって、マーティンは一九四二年十一月二日月曜日の午後のことに思いを馳せた。ちょうど一週間まえの出来事だった。あの日、午後三時をまわったところで、バローズ夫人はマーティンのオフィスにせかせかと乗りこんできたのだった。「入るわよ」バローズ夫人は甲高《かんだか》い声を張りあげて言った。「おや、まっ、あなた、ピクルスの樽をひっかきまわしてるとこ？」マーティンは緑の眉庇《まびさし》越しに眼をあげ、彼女の顔をちらりと見ただけで、何も言わなかった。じきにバローズ夫人はオフィスのなかを歩きまわり、室内のあれこれを例のあのぎょろりとした大きな眼玉でいちいちねめまわした。

「なんだか、やたらとファイリング・キャビネットがあるのね。ほんとに全部、必要なの？」敵はいきなり斬り込んできた。マーティンの心臓はびくっとして跳ねあがった。「ここにあるファイルはどれも――」動揺が声に表われないよう気をつけながら、マーティンは答えた。「――F&S社の運営上、必要欠くべからざる役割を果たしているんです」。返ってきたのは、あのロバのいななきを思わせる笑い声だった。「まあ、いいでしょう。豆畑をほじくり返さないでちょうだいね」とバローズ夫人は言った。ところが、立ち去り際、戸口のところからまた大声を張りあげてこんなことを言ってきたのだ――「それにしても、ここはまさに反故《ほご》の山って感じだわね」

今や、アーウィン・マーティンがこよなく愛する文書課にまで、魔の手が伸びてこようとしている――そのことにもはや疑問の余地はなかった。あの女の鶴嘴《つるはし》は、最初の一撃に備えて、高々と振りあげられているのだ。が、その一撃はまだ振り降ろされてはいない。あの鼻持ちならない女にたぶらかされ、魂を抜かれてしまったフィットワイラー氏からは、愚にもつかない入れ知恵による下劣な指令をしたためた青いメモは、まだ回ってきてはいない。しかし、それが届くのはもはや時間の問題である。マーティンには確信があった。すみやかに行動を起こさなくてはならないということだ。すでにもう貴重な一週間が過ぎてしまっている。マーティンはミルクのコップを手にしたまま、椅子からすっくと立ちあがった。

「陪審員のみなさん」彼は心のなかで声をあげた。

「かかる恐るべき人物に対して、わたしはここに死刑を求刑いたします」

翌日、マーティンはいつものように、決められた仕事を決められた手順でこなした。いつもよりも頻繁に眼鏡をはずしてレンズを磨いたり、一度などすでに削ってある鉛筆をご丁寧にもう一度削りなおしたりもしたが、さすがのミス・ペアードもそこまでは気づかなかった。目指す相手の姿は、たった一度だけ見かけた。廊下で彼を追い越しざま、「おや、どうも！」と偉そうに声をかけてきたのだ。午後五時半になると、マーティンはいつものように退社して自宅まで歩いて帰り、いつものようにミルクを一杯飲んだ。ミルクよりも強い飲み物は——ジンジャーエールを勘定に入れなければ——生まれてこの方まだ口にしたことがなかった。その徹底した節制ぶりを、今は故人となったサム・シュローター氏は——F&SのSに当たる人物だが——数年前の幹部会議の席上で、こう言って褒めたことがある。「わが社の最も有能な社員は、酒は一滴も呑まず、煙草は一服もしない。その結果は言わずもがなだ」。並んで坐っていたフィットワイラー氏も、しきりにうなずいて同意見だということを表明していた。

その特筆すべき晴れがましき日のことを思い出しながら、マーティンは五番街四十六丁目にほど近い《シュラフツ》というレストランに向かった。店に着いたのは、いつものように午後八時だった。そして、いつものように午後八時四十五分に食事をすませて「サン」紙の経済欄も読みおえた。夕食のあとは散歩をするというのが、彼の習慣だった。この日は五番街を南に向かってのんびりと散歩にふさわしい足取りで歩いた。

手袋をはめた手はじっとりと汗ばみ、額のほうは反対にひんやりとしていた。煙草店で買ったキャメルを、オーヴァーコートのポケットからジャケットのポケットに移しかえた。そのとき、ふと、これは無駄な努力ということにはならないだろうか、と考えた。バローズ夫人はラッキー・ストライクしか吸わない。マーティンの計画では、キャメルを一服吸いつけて、しばらくふかし（もちろん、相手を消してからのことだが）、口紅がべったりとついたラッキー・ストライクの吸い殻が残る灰皿でそれを揉《も》み消し、そうすることで捜査の向かう先を攪乱《かくらん》するのが狙いだった。だが、これは名案とは言えないかもしれなかった。余計な時間を費やすことになるわけだし、すぱすぱやっているときにむせてしまうかもしれない。咳《せ》き込めば大きな音を出すことになる。

西十二丁目にあるバローズ夫人の住まいを、マーティンはまだ見たことがなかったが、その様子ははっきりと思い描くことができた。もっけの幸いとも言うべきことに、彼女は会う人ごとに誰かれかまわず、その完璧と言っていいぐらいすてきな赤煉瓦造《あかれんが》りの三階建ての一階にある、しごく快適なアパートメントについて自慢して聞かせていたからだった。建物の正面玄関にフロントがあるわけでもなく、管理人もドアマンもいない。いるのは二階と三階の住人だけのはずである。

歩きながら、マーティンはこの分では午後九時三十分よりまえに到着してしまいそうだということに気づいた。当初の計画では《シュラフツ》を出たら五番街を北に進み、適当なところまで歩いてから引き返し、目的地には午後十時ごろに着くようにするはずだった。そのころになれば、問題の建物に出入りする人もいなくなっているのではないか、と思われたからだった。だが、それでは、せっかく思いついた行き当たりばったり出たとこ勝負の直線コースの途中に、余計な輪《ループ》ができてしまうことになる。それに気づいて、このルートを放棄したのだった。

それに、いずれにしても、いつどんな人間が問題の建物に出入りするかなど、予想のつけようがないではないか。時刻が何時であろうと、危険は大きいということだ。もし途中で人と出くわした場合は、アルジン・バローズ抹殺計画は棚上げ案件のファイルに永久に綴《と》じ込んでしまうまでのこと。同じことは、彼女のアパートメントに人がいた場合にも当てはまる。その際には、たまたまえを通りかかって、ここがかねてよりうかがっていたあのすてきなお宅かと気づいたので、ちょっとだけ立ち寄らせてもらったのだ、とでも言えばいい。

マーティンが西十二丁目の角《かど》を曲がって通りに入ったのは、午後九時十八分過ぎだった。男がひとり、マーティンを追い越していった。それから、ひと組の男女が話をしながら歩いていった。そのブロックの中ほどにある、目的の建物のまえまで来たときには、ざっと見渡して五十歩以内に人の姿はなかった。マーティンはすかさず階段をあがって玄関まえのせせこましいスペースに立ち、《アルジン・バローズ夫人》という表札のしたの呼び鈴を押した。表玄関の扉の鍵がかちっという音をたてはずれた瞬間、開きはじめた扉の隙間めがけて猛然と突進をかけ、するりとなかに滑り込んでドアを閉めた。玄関ホールの天井から鎖で吊るしてある灯りの電球が、やけに明るい光を放っているような気がした。玄関ホールの左側の壁沿いが階段になっていた。そこをのぼりおりする人の姿はなかった。玄関ホールの先、向かって右側でドアが開いた。マーティンは足音を忍ばせて、すばやくそちらに向かった。

「おや、まっ、誰かと思えば。いったい全体、どういう風の吹き回し?」バローズ夫人はばかでかい声を張りあげた。ロバのいななきを思わせる笑い声は、散弾銃の銃声のようにあたりに響き渡った。マーティンはフットボールで言うところのタックルの要領で体当たりをかけて、なかに押し入った。「ちよ、ちよ、ちよっと。押さないでちょうだい!」バローズ夫人は文句を言いつつドアを閉めた。

通されたのは、バローズ夫人宅の居間だったが、マーティンには百個の電球で煌々《こうこう》と照らされているように思われた。

「誰かに追われてるの?」バローズ夫人が言った。「そんな、山羊《やぎ》みたいにびくびくしちゃって」

マーティンは何か答えようとしたが、声にならなかった。咽喉元までせりあがった心臓がぜいぜいいっているような気がした。「その……実は……」ことばを絞り出すようにして、ようやくそれだけ口にした。バローズ夫人は例によって何やらわけのわからないことをぺちゃらくちゃらしゃべりながら、手を伸ばし、マーティンのオーヴァーコートを脱がせようとしはじめた。

「いや、いや、お気遣いなく」マーティンは言った。「ここに……ここに置かせてください」。オーヴァーコートを脱いでドアのそばの椅子に置いた。

「帽子と手袋も取ってちょうだいね」とバローズ夫人は言った。「淑女《レディ》のお宅にお邪魔したら、そうするのが礼儀ってもんよ」

マーティンは帽子を脱いで、オーヴァーコートのうえに載せた。バローズ夫人は思ったよりも大柄だった。手袋ははめたままでいることにした。「通りすがりに、ふっとお宅に気づいて——ほかにどなたかおいでですか？」

バローズ夫人はいつにもまして声高らかに笑った。「いいえ、あたしたちだけよ。おや、まっ、顔が真っ青よ。おかしな人ねえ。いったい全体、どうしたっていうの？温《あった》かいトディでもこしらえてあげましょうか？」バローズ夫人は居間の奥にあるドアのほうに向かいかけた。「それとも、スコッチ&ソーダのほうがいいかしら？ あら、やだ、あなたは呑まないんだったわね」。彼女は振り向くと、おもしろいものを見るような眼でマーティンを見た。

マーティンはようやく落ち着きを取り戻しつつあった。「スコッチ＆ソーダをいただきます」と言う自分の声が耳に入った。キッチンのほうからバローズ夫人の高笑いが聞こえてきた。

すばやく室内を見まわして、凶器として使えそうなものを探した。凶器はもともと現地調達を考えていたのだ。行ってみれば、何かあるだろうと。とりあえず、暖炉の薪載せ台と、火掻き棒と、部屋の隅に体操で使う棍棒《こんぼう》のようなものが置いてあるのが眼にとまった。どれも役に立ちそうにはなかった。何かほかの手段を考えないと。マーティンは室内を歩きまわって物色した。デスクに近づいたとき、柄《え》に飾りのついた金属製のペーパーナイフが眼についた。刃は鋭いだろうか？　マーティンは手を伸ばし……途中で小さな真鍮《しんちゅう》の壺をひっくり返してしまった。なかから切手が滑り出てきて、壺そのものは床に落ちてかちゃんと派手な音を立てた。

「ちょっと、ちょっと」キッチンからバローズ夫人が叫んだ。「豆畑をほじくり返してるんじゃないでしょうね？」

マーティンは箍《たが》のはずれた笑い声をあげた。ペーパーナイフを手に取り、試しに先端を左手首に当ててみた。案の定、なまくらだった。ナイフも使い物にはならない、ということだった。

バローズ夫人がスコッチ&ソーダのグラスをふたつ持って居間に戻ってきたとき、手袋をはめたままその場に突っ立っていたマーティンは、自分が練りあげたあの計画のことを強烈に意識していた。ポケットには煙草のパック、自分のために用意された飲み物——どちらも、現実のこととは思えなかった。いや、それどころか、はっきり言ってありえないことだった。そのとき、心の奥底のほうで、ひとつの、まだ考えとも呼べない漠然としたものがもぞもぞとうごめき、やがてそっと芽を伸ばしはじめた。

「その手袋、お願いだから取ってもらえない?」バローズ夫人が言った。

「うちのなかでは手袋をすることにしているんです」マーティンは言った。

芽を出した考えはやがて花を咲かせた。風変わりではあったが、なかなか見事な花だった。バローズ夫人はソファのまえのコーヒーテーブルにグラスを置き、ソファに腰を降ろした。

「こっちにいらっしゃいな、へんな人ねえ」とバローズ夫人は言った。

マーティンは言われたとおり、彼女のところまで行って隣に腰を降ろした。そして、けっこう骨の折れることではあったが、キャメルのパックから煙草を一本抜き出した。

バローズ夫人は笑いながら、マッチの火を差し出してきた。「おや、まっ」と言いながら、スコッチ&ソーダのグラスを手渡した。「なんだか嘘みたいね。あなたがお酒を呑んで、煙草を吸うなんて」

マーティンは煙草をふかした。それほど無様《ぶざま》なことにはならなかった。それから、スコッチ&ソーダをひと口呑んだ。「ぼくは酒も煙草もやるんです、年がら年中やってるんです」そう言うと、自分のグラスを彼女のグラスにかちんと当てた。「あの口先だけの老いぼれのいかれぽんちのフィットワイラーを呪って乾杯！」そして、また勢いよく酒をあおった。ひどい味だったが、顔には出さなかった。

「ちょっと、なんて言い種《ぐさ》なの、マーティンさん」バローズ夫人は言った。口調も態度も一変していた。「あなた、わかってるの、自分の雇い主に無礼なことを言ってるのよ？」バローズ夫人はすっかり社長の特別顧問の顔を取り戻していた。

「爆弾を仕掛けようと思っててね」とマーティンは言った。「そいつでもって、あの狒々《ひひ》爺《じじい》を天まで吹っ飛ばしてやるんだよ」

マーティンは大して呑んではいなかったし、スコッチ&ソーダはそれほど強い飲み物というわけでもなかった。だから、アルコールのせいであるはずがなかった。

「あなた、ひょっとして、麻薬《クスリ》か何かやってるの?」とバローズ夫人は冷ややかに尋ねた。

「ヘロインをね」とマーティンは言った。「一発きめてぶっとんだ勢いで、あの根性のねじ曲がったくそ爺《じじい》を地獄送りにしてやるんだ」

「マーティンさん!」ソファから立ちあがって、バローズ夫人は言った。「もうたくさんだわ。どうか、お引き取りください!」

マーティンはグラスからもうひと口、がぶりと呑んだ。煙草を灰皿で揉み消し、キャメルの箱をコーヒーテーブルに置き、それからおもむろに腰をあげた。バローズ夫人はその場に突っ立ったまま、眼をぎらぎらさせてマーティンを睨みつけている。彼はドアのところまで歩き、帽子をかぶり、オーヴァーコートに袖を通した。「今夜のことは、他言無用に」と言って人差し指を唇にあてがった。バローズ夫人が口にできたのは「まあ、あきれた!」のひと言だけだった。マーティンはドアのノブに手をかけた。

「ぼくは今、ツグミの巣に陣取って巣ごもりしてるとこでね」そう言うと、バローズ夫人に向かって思い切り舌を突きだしてみせてから、その場をあとにした。彼が出ていくところを見た者はひとりもいなかった。

それから徒歩で自分のアパートメントまで戻った。まだ午後十一時にもなっていなかった。彼がアパートメントに入るところを見た者もまた、ひとりもいなかった。歯を磨いたのに、ミルクを二杯飲んだ。われながら気持ちが昂《たか》ぶっているように思われたが、酔っているせいではなさそうだった。足元はきわめてしっかりしていたから。いずれにしても、自宅まで歩いてくるあいだに、スコッチの酔いは醒めてしまっていた。それから床に入り、しばらく雑誌を読み、そして午前零時にはもう熟睡していた。

翌朝、午前八時三十分、アーウィン・マーティンはいつものように出社した。午前八時四十五分、それまで午前十時まえには出社してきたことのなかったアルジン・バローズが彼のオフィスにつかつかと乗り込んできた。「これからフィットワイラーさんに報告してきますからね！」と彼女は叫びたてた。「その結果、警察に突き出されることになっても、当然の報いというものよ！」

マーティンは寝耳に水といった顔をしてみせた。「どういうことでしょう、おっしゃる意味がわからないな」と彼は言った。バローズ夫人が、ふんっと鼻を鳴らしてオフィスを飛びだしていくのを、ミス・ペアードとジョーイ・ハートが眼を丸くして見送った。

「あの魔女おばさん、今度はどうしたんです?」とミス・ペアードが訊いてきた。

「さあ、さっぱりわからないよ」マーティンはそう言って仕事に戻った。ミス・ペアードとジョーイ・ハートはそんなマーティンを見つめ、それから互いに顔を見あわせた。

しばらくしてミス・ペアードが席を立ってオフィスを出ていった。そしてフィットワイラー氏のオフィスの閉じられたドアのまえをゆっくりと歩いた。なかではバローズ夫人が何やら甲高い声で叫びたてていたが、あのロバのいななきのような笑い声は聞こえなかった。何を言っているのかも、ミス・ペアードには聞き取れなかった。彼女は自分のデスクに戻った。

四十五分後、バローズ夫人は社長室から出てきて自分のオフィスに入り、ドアを閉めた。それから三十分もせずに、マーティンはフィットワイラー氏に呼ばれた。F&

S社の文書課長は身なりを整え、穏やかな、慇懃《いんぎん》な態度で社長のデスクのまえに立った。フィットワイラー氏は蒼ざめ、神経を尖らせていた。眼鏡をはずしてしばらくのあいだいじくりまわし、それから咽喉の奥で軽く咳払いをして「マーティンくん」と切り出した。「きみはわが社に勤めてから二十年以上になるね」

「二十二年になります、社長」

「その間、きみは――」社長は続けた。「仕事ぶりといい、その……なんと言うか、生活態度といい、まさに模範的だった」

「はい、そのように心がけてまいりましたから」とマーティンは言った。

「ところで、マーティンくん、きみは酒も煙草もやらないものだと思っていたんだが」

「はい、そのとおりです、社長」

「ふむ、そうか、なるほど」フィットワイラー氏は眼鏡を磨いた。「で、マーティンくん、昨日、会社がひけてから何をしたか、話してもらえないだろうか」

マーティンがどぎまぎして黙り込んだのは、ほんの一秒にも満たない、ごくごくわずかな間《ま》でしかなかった。「かしこまりました、社長」と彼は答えた。「歩いてうちまで帰り、それから《シュラフツ》というレストランに食事に行きました。また歩いてうちに戻り、早めに寝床に入ってしばらく雑誌を読んでいたのですが、おそらく十一時まえには眠ってしまっていたと思います」

「ふむ、そうか、なるほど」社長は今度もそう言った。そこで少し口をつぐみ、文書課長に事の次第をどう説明したものか、ふさわしいことばを探した。「バローズ夫人のことなんだが」しばらくしてフィットワイラー氏はようやく口を開いた。「あの人はあの人なりに一生懸命働いてくれてる。そうだろう、マーティンくん？　そう、とても一生懸命に。それで、これは非常に辛《つら》い報告なのだが、強度の神経衰弱にかかってしまったらしいのだ。被害妄想に囚われていて、実に痛ましい幻覚を見るようになったんだよ」

「それはお気の毒に」とマーティンは言った。

「バローズ夫人は昨夜、きみが訪ねてきて、実に……実に、その……見苦しい振る舞いに及んだという妄想を抱いている」フィットワイラー氏は片手を挙げて、マーティンが思わず洩《も》らした悲痛な叫びを制した。「ありがちなことなんだよ、ああした症状が出てる場合には。およそ見当外れの、およそ罪のない者をつかまえてだな、その人物こそが……その、つまり……諸悪の根源だと思い込んでしまうんだな。そのへんの心理は、常人には理解しがたいものなんだ、マーティンくん。で、つい今しがた、わたしのかかりつけの精神分析医のフィッチ先生に電話で訊いてみたところでね。先生はもちろん、はっきりそうだとはおっしゃらなかったけど、一般的な例をいくつも挙げて、わたしの心配が根拠のないものではないことを示してくれたよ。今朝、バローズ夫人がわたしのところに押しかけてきて、あの人の、なんと言うか、その……想像上の物語を披露したときにも、実はフィッチ先生のところに行ってはどうかと勧めたんだ。ひょっとして神経をやられてるんじゃないか、とピンときたもんでね。ところが、残念なことに、あの人はかんかんになってだね、きみを呼びつけて追及するべきだ、とこのわたしに命令……というか、まあ、その、提案したわけなんだ。

きみにはまだ話していなかったが、実はバローズ夫人はきみの課を再編成する計画を立てていたんだよ。むろん、それにはわたしのゴーサインが必要だがね。そう、わたしの決裁を得たうえでのことだったんだよ。そのせいかもしれないな。そのせいで、ほかの誰よりもきみのことがまっさきに思い浮かんだのかもしれない……いや、これもまたフィッチ先生にお任せすべき領域だな。きみやわたしにはいかんともしがたいことだからな。ともかく、そういうことなんだ、マーティンくん。バローズ夫人のわが社での活躍もこれにて打ち切りということだ」

「それは、また、実になんとも残念なことで」とマーティンは言った。

ちょうどそのとき、ガスの本管でも爆発したかと思うほどの勢いで、いきなり社長室のドアが開き、バローズ夫人が鉄砲玉のように飛び込んできた。

「シラを切ってるのね、この恥知らずの卑劣漢は」バローズ夫人は金切り声を張りあげてわめいた。「でも、無駄よ。言い逃れは許さないから」

マーティンは立ちあがると、そっと目立たないように、社長の椅子のほうに移動した。

「あなたはわたしの部屋で、お酒を呑んで煙草を吸ったじゃない」バローズ夫人はマーティンに向かってわめいた。「知らないとは言わせないわ。社長さんのことを口先だけの老いぼれのいかれぽんちって言ったのよ。で、ヘロインを一発きめてぶっとんだ勢いで、あの根性のねじ曲がったくそ爺を爆弾で地獄送りにしてやるって!」そこで口をつぐみ、バローズ夫人は息を継いだ。ぎょろりとした大きな眼玉を新たなきらめきがよぎった。「そう言ってるのが、あなたみたいな、地味でしょぼたれた、ちんちくりんの小男でなければ、本気でそういうことを考えてるのかと思うところよ。

舌を突き出して、ツグミの巣に陣取って巣ごもりしてるとこでね、なんて言っちゃって——わかってるわよ、わたしが人に話しても、誰もわたしの言うことなんて信じちゃくれないって思ったんでしょ？　ほんと、出来すぎよ、うまく出来すぎ。ずる賢いにもほどがあるわ！」

バローズ夫人はロバのいななきのような笑い声をあげた。ヒステリーと紙一重の笑い声だった。そこでまた新たな怒りを掻きたてられたようだった。フィットワイラー氏をきっと睨みつけて彼女は言った。「騙《だま》されてるのがわからないの？　そこまで耄碌《もうろく》しちゃったの？　何もかも、このちんちくりんの小男が仕組んだいかさまなのよ」

だが、そのときにはもう、フィットワイラー氏は密かに、デスクの天板の裏に仕込んである非常用の呼び出しボタンをひとつ残らず押していたので、F＆S社の社員が次から次へと社長室になだれ込んできたのだった。

「ストックトンくん」フィットワイラー氏はひとりの社員を呼び寄せた。「きみとフィッシュバインくんとでバローズ夫人をご自宅までお送りするように。ああ、パウエル夫人、あなたも同行してください」

ストックトンはハイスクール時代にフットボールを少しやっていたことがあったの

で、バローズ夫人がマーティンめがけて飛びかかろうとした瞬間、すかさずあいだに割って入ってその動きをブロックした。バローズ夫人を社長室からそとの廊下に連れ出すのは、ストックトンとフィッシュバインのふたりがかりの大仕事だった。廊下にも速記係や使い走りの坊やたちがむらがっていた。バローズ夫人はそれでもまだ、アーウィン・マーティンに対して悪態をつき続けていた。こんがらがり、何が何やらよくわからない悪態を。その支離滅裂なわめき声も、やがて廊下の先に消えていった。

「こんなことになって遺憾《いかん》の極みだよ」フィットワイラー氏は言った。「このことは、どうか忘れてはもらえないだろうか、マーティンくん」

「はい、社長、承知いたしました」マーティンは言った。そして「退《さが》ってよろしい」という社長のことばを先読みして、戸口に向かって歩きだした。「忘れることにいたします」

アーウィン・マーティンは社長室を出てドアを閉めた。廊下を歩く足取りは軽やかだった。文書課のオフィスに入ると、足取りを緩めて、いつもどおりのゆったりとした足取りに戻り、部屋の奥にあるW20のファイルのところまでしずしずと歩を進めた。仕事に気を取られていて余裕がないと言いたげな表情で。

## 探しものはなんですか？——トパーズのカフスボタン

バイクに乗った警官が爆音とともにいきなり、いずことも知れぬおとぎの国から登場したとき（バイクに乗った警官というのは、まずそんなふうに現われるものだが）、男は道路脇の背の高い草むらで四つん這いになって犬のように吠えていた。女のほうは、そこから二十五メートルほど離れたところで、停めていた車をそろそろと男のほうに向かって進めているところだった。車のヘッドライトが男を照らした。中年の男だった。戸惑ったような顔をして、その場にへばりついていた。それから男は立ちあがった。

「何をしてるんです、こんなところで？」と警官が尋ねた。女が忍び笑いを洩《も》らした。

「酔っ払いか」と警官は思った。女のほうには眼もくれなかった。

「なくなっちゃったんだ」と男が言った。「それが、その——なんと言うか——つまり、その、見つからないんですよ」

「何が？」と警官は尋ねた。

「何を探してるのかってことですか？」男は、情けなさそうな表情で眼を瞬《しばた》いた。

「ちょっとした——そう、ちょっとしたカフスボタンなんだけど。ゴールドの台にトパーズを嵌《は》めたやつでね」男は口ごもった。どうやら警官は、男の言うことを信じていないようだった。「上等のモーゼルワインみたいな色をしてるんです」と男はつけ加えた。それから手に持っていた眼鏡をかけた。女は今度もまた忍び笑いを洩らした。

「探しものなら、眼鏡をかけてたほうが探しやすいんじゃないですか？」と警官は尋ねた。車がやってきたので、警官はバイクを道路の端に寄せた。「ああ、奥さん、あなたも車を端に寄せたほうがいい」と女に向かって言った。女は車線をはずれて、舗装のされていない路肩《ろかた》に車を進めた。

「近視なんですよ、わたし」と男は言った。「遠くのものは眼鏡をかけてたほうが探しやすいけど、近くのものを探すときは、はずしてたほうが具合がいいんです」

警官は男が這いつくばっていたあたりの草を、ごつい長靴を履いた足で蹴飛ばした。

「その人が犬みたいな声を出してたのは——」車のなかの女が、意を決したように口を挟んできた。「自分のいるところをあたしに教えるためだったんです」警官はバイクを引いてスタンドを立て、男と一緒に車のところまで歩いた。

「しかし、どうもよくわからないな」と警官は言った。「乗っている車の三十メートルも先でカフスボタンを落とすっていうのは。普通、車に乗っていてものを落としたら、落としたところを過ぎてから車を停めるものでしょう？　三十メートルも手前で停めるってのは、なんだかね」

女は今度もまた笑った。夫のほうは慎重に車に乗り込んだ。今にも警官に、待てと言われやしないかとびくびくしているようだった。警官は、そのふたりをじっくりと観察した。

「パーティーの帰りですか？」と警官は訊いた。時刻はもう午前零時をまわっていた。

「あたしたち、お酒は呑んでいませんよ。そういうことがお訊きになりたいんなら、言いますけど」女は笑みを浮かべて言った。警官は車のドアを指先で軽くとんとんと連打した。

「おたくさんたち、トパーズのカフスボタンをなくしたってのは嘘ですね」と警官は言った。

「道端で四つん這いになって、他人様《ひとさま》の迷惑にならないぐらいの声で犬の鳴き真似をするのは、法律違反になるんでしょうか?」女が喰ってかかった。

「いや、そんなことはありませんけど」と警官は言った。それでも、バイクのところに戻って巡邏《じゅんら》を再開するでもなかった。しばらくのあいだ、バイクのエンジンと車のエンジンの、ぶんぶんぶんぶんぶんという静かな音だけが響いた。

「事情を説明しましょう、お巡りさん」それまでとは打って変わって、きびきびした口調で男が切り出した。「実はこいつと賭《かけ》をしたんです。わかってもらえますか?」

「それならわかります」と警官は言った。「それで、どちらが勝ったんです?」そこでまたしばらくのあいだ、エンジンの音だけが響いた。

「こいつは言うんですよ」男はもったいをつけて、まるで新入社員に金科玉条とすべき経営理念を説いて聞かせてでもいるような態度で言った。「わたしが道端の、地面すれすれのところにいて、そこにいきなり車のヘッドライトを浴びせたら、わたしの眼も猫の眼のように闇のなかで光るんじゃないかってね。実はそのまえに猫のそばを通りかかったら、そいつの眼がきらっと光ったんです。人間とも何度か行き合ったけ

ど、人間の眼は光らなかったもんだから――」

「それはただ単にヘッドライトより高いからでしょ？　低かったら光るわ」と女は言った。「人間の眼だって、猫の眼と同じ角度でちゃんと、ヘッドライトが当たれば、ちゃんと光ります。猫と一緒よ」

警官はバイクを停めたところまで戻り、バイクを持ちあげてスタンドを蹴り、バイクを押しながら車のところまで戻ってきた。

「猫の眼はね、奥さん」と警官は言った。「われわれの眼とは構造がちがうんですよ。犬とか猫とかスカンクとかは同類です。あいつらは暗いとこでもものが見える」

「真っ暗なところでは見えません」と女は言った。

「いや、見えますよ」と警官は言った。

「いいえ、見えません。まったく光がないところでは無理なの。完全な真っ暗闇だったら見えないんです」と女は言った。「そのことはね、実は先だっての晩にも話題になったの。ちょうど大学の先生がおみえになってて、その先生がおっしゃるには、どんなに弱々しくてもかまわないから、少なくともひと筋程度の光はないとだめなんですって」

「そういうことは、確かにあるかもしれません」しかつめらしく、しばしの沈黙を置いてから、警官は手袋を引っ張りながら言った。「でも、人間の眼は光りませんよ。自分はこのあたりの道路を毎晩走ってて、何百匹って猫と何百人って人間を見てきたからわかるんです」

「それは、人間が道路すれすれのところにいないからよ」と女は言った。

「おれはいたよ。地べたに這いつくばってたんだから」と彼女の夫が言った。

「では、こういうのはどうでしょう」と警官は言った。「山猫は夜になると木に登って、木のうえで過ごします。でも、夜になると眼が光るんです」

「ほうらみろ」と男が言った。「これで証明されたな」

「どういうこと？」と女が言った。そこでまた、沈黙が生じた。

「だから、木のうえにいる山猫の眼は、人間の眼の位置よりもうえにあることになるだろう？」と彼女の夫は言った。この理屈は警官には理解されたかもしれないが、どうやら奥方には通じなかったようだった。警官も女も、どちらもひと言もしゃべらなかった。警官はバイクにまたがり、エンジンを空ぶかしさせながら、何ごとか考え込んでいるようだったが、やがて出力を絞って音を抑え、男のほうを振り向いた。

「さっき眼鏡をはずしていたのは、ひょっとしてヘッドライトで眼鏡が光っちゃ困るからですか?」

「ええ、まさにそのとおりです」と男は言った。警官は得意満面で手を振ると、爆音を残して走り去った。「ふん、知ったふうなやつ」男は苛立《いらだ》たしげな口調で妻に言った。

「あたし、まだよくわからない。山猫が何の証明になるっていうの?」と女が言った。

男はゆっくりと車を出した。

「いいかい」と夫は妻に言った。「おまえは、猫の眼がどれだけ低い位置にあるか、そこを問題にしてるだろう? ところが、おれのほうは——」

「ちょっと、あたし、そんなこと言ってませんからね。あたしが言ってるのは、人間の眼がどれだけ高い位置にあるかってことであって……」

空の歩道

チャーリー・デシュラーがドロシーと結婚すると発表したとき、そんなに急ぐとはチャーリーのやつ、正気を失っちまったとしか思えないな、と言った者がいる。すると、ふたりの共通の知人で、ここぞというときにうまいことを口にするやつが「いや、それはちがう。正気を失うのは結婚したあとだよ」と言ったものだ。

件《くだん》のドロシー嬢には、まだうんと幼い時分から、ほかの人の言いかけたことばを先取りして言ってしまうという癖があった。ときには先取りしたことばが、話し手の意図と異なることもあり、そうなると話しているほうはいらいらするものだし、またときには先取りしたことばが、話し手の意図どおりのこともあり、そうなると話しているほうはもっといらいらするものだ。

たとえばドロシーの家に来た客人が「あれは、確か、ウィリアム・ハワード・タフドロシーがすかさず声を張りあげるのだ。話し手は実際に「大統領でしょ!」と言おうとしていたのかもしれないし、もしかすると「まだ若かったころに」とか「連邦最高裁判所の長官だったときに」と言おうとしていたのかもしれない。いずれにしても、その客人は早々に帽子をかぶって辞去することとなるのである。

ところが、世の親の常として、ドロシーの両親も娘のこの癖が他人様《ひとさま》の迷惑になっていることには気づいていないようだった。それどころか、どうやら、かわいらしいことだと思っているようで、さらには利発だと考えている節さえうかがえた。だから、ドロシーの母親が「はい、ドロシーちゃん、あーんして。いい子だから、食べてちょうだいね、この――」と言ったときに、すかさずドロシーが「ほうれん草!」と先取りすると、母親はさっそく父親の勤務先に電話をかけて父親に報告し、父親はその日、会う人ごとにそのことを話して聞かせ、その翌日も会う人ごとにそのことを話して聞かせ、そのまた翌日も同じことが繰り返され……ということが、実際にあったのではないかとまで思えてくるのだ。

ドロシーは長じてなかなか美しい娘となり、それゆえになおさら危険な存在となった。その容姿で、まずは紳士諸君の眼を奪い、次いで心を奪った。そうして感情の面では男心を存分にくすぐり、めろめろにさせるのだが、それからいくらもしないうちに男どもは誰しも、精神的にへとへとになるのである。もうじきティーンエイジャーを卒業しようかという年頃になると、ドロシーは男たちのことば遣いを訂正することまではじめた。

「いいえ、アーサー、そういうときは〝〜しているなら〟じゃなくて〝〜していたなら〟よ。〝覚悟していたなら〟って言うの。でしょ?」という具合に。ドロシーを崇拝する殿方は、その大半が彼女のこの癖を辛抱した。彼らの関心はもっぱら、ドロシーの美しい容姿に向けられていたからだ。それでも、時がたち、彼女のほうから向けられる関心が、教育的指導に終始し、いつまでたっても情緒的懸想には移行しそうにないことがわかると、男たちはもっとトロくてもいいから人の揚げ足取りばかりしない娘たちのほうへと、徐々に関心を移していった。

しかし、チャーリー・デシュラーはいわゆる猪突猛進型で、人を口説《くど》くにあたっては〝押しの一手で煙《けむ》に巻く〟タイプだった。従って、友人たちの度重なる忠告も単なる嫉妬の為せる所業と聞き流し、あっというまに婚約して、あれよあれよというまに結婚してしまったものだから、当のドロシー自身については、美人で、眼がぱっちりとしていて、（あくまでもチャーリーにとっては）好もしい女人だということ以外、実はろくにわかっていなかった。

妻となったドロシーは、当然のことながら、花なら盛りの、パワー全開の時期を迎えた。チャーリーの言うことを端から訂正するようになったのだ。チャーリーは以前からあちこちを旅行していて見聞も広く、また決して人を逸《そ》らさない実に巧みな話し手でもあったので、恋人同士だったあいだはドロシーもチャーリーという人に純粋に関心を寄せ、その彼の話にも興味を持った。それに、チャーリーの語る冒険譚はどれひとつとっても、一緒に経験したことではないので、たとえ日付や地名や人名を言いまちがえたところで、ドロシーにはわかるわけがない。となると、ドロシーとしてもせいぜい、たまに動詞の時制の変更を提案する程度で、おおむねチャーリーの語るがままに任せていた。いずれにしても、チャーリーのことば遣いは文法的にもかなり正確だった。〝もし〟のあとに〝しているなら〟を遣う場合と〝していたなら〟を遣う場合とを、きっちりと区別して遣いわけていた――そのせいもあって、チャーリーはドロシーの正体をなかなか見抜けなかった、とも言える。

　ふたりが結婚してからしばらくのあいだ、ぼくはふたりの家を訪ねなかった。なぜなら、ぼくはチャーリーのことが好きだったし、ドロシーの色香という麻酔から醒めて現実の最初の痛みを感じはじめた姿を目《ま》の当たりにすれば、おそらく、どうしようもなく気が滅入《めい》ってしまうだろうと思われたからだ。それでも意を決して訪ねてみると、果たせるかな、状況はぼくが心配していたとおりだった。食事をしながら、チャーリーはふたりして車で旅行に出かけ、あちらの町、こちらの町と訪ねてまわったときのことを話題にしようとしたのだが――いったいどこのなんという町を訪ねたのか、ぼくにはとうとうわからなかった。なにしろ、チャーリーが何かひと言口にするたびに、ほぼ毎回、ドロシーがそれを否定してかかるのだ。

「その翌日は――」たとえばチャーリーがこんなふうに切り出すとする。「朝早く出発して、フェアヴューまでの三百キロの行程を――」

「ねえ、ねえ、ちょっと」ドロシーが口を挟む。「あれは朝早くとは言えないと思うわ。だって、旅行の初日ほど早くはなかったもの。初日は午前七時に起きたでしょ？

それから、走った距離は二百九十キロよ。出発するときに、走行距離の出る、あの時計みたいなやつを見たから知ってるの」

「ともかく、フェアヴューに着くと――」チャーリーは話を先に進めようと試みるものの、そこでまたドロシーからストップがかかる。「ねえ、あなた、あの日の行き先って、ほんとにフェアヴューだったかしら?」という具合に。

話の腰を折るのに、ドロシーは相手のまちがいを指摘するのではなく、相手の正しさを疑問視するという手法を頻繁に用いた。だが、結果は同じことだ。仮に「ああ、まちがいないよ、あの日は確かにフェアヴューまで行ってる」と答えても、ドロシーにあっさりと「いいえ、あなた、それはちがうわ」と決めつけられて、そこから先の話を横取りされてしまうのだ(ちなみに、ドロシーは、自分と意見の異なる相手のことは、それが誰であっても、「ねえ、あなた」と呼びかけるのだ)。

また、その後一度か二度、ぼくが彼らを訪ねたときだったか、あるいは彼らのほうが訪ねてきたときだったか、ドロシーはチャーリーに好きなように話をさせておいて、話が盛りあがり、いよいよ山場に差しかかろうかというまさにそのタイミングで、いきなり冷や水を浴びせたこともある。ちょうどゴールラインを駆け抜けようとした瞬

間、いきなり背後からタックルを喰らうようなものだ。世の中に、これほど人間の精神と神経に衝撃を与える行為が、ほかにあるだろうか？

亭主と呼ばれる人種のなかには、細君に話の腰を折られると、実にものわかりよく引き下がり——場合によっては、そんな細君が誇らしいのではないかと思われるような挙措で——椅子にゆったりともたれて、話の主導権をいとも簡単に譲り渡してしまう者もいるようだが、ぼくに言わせれば、そんなのは尻に敷かれた腑抜《ふぬ》け亭主のすることだ。チャーリー・デシュラーは、おめおめと女房の尻に敷かれているような腑抜けではなかった。だが、細君のタックルを喰らうたびに、それこそ息の根が止まる思いを味わわされるわけで、これはなんらかの手立てを講じなくては身が持たないとようやく悟ったようだった。彼の講じた手立ては、なかなか独創的なものだった。

ふたりが結婚して二年が過ぎようとしていたころ、チャーリーはデシュラー家を訪れる客人たちに自分の見た夢をネタに、なんとも奇想天外な物語を話して聞かせるようになっていた。夢の話なら、いかにドロシーといえども、訂正できるわけがないと見越して。日々の暮らしのなかで自分を主張できるのは、チャーリーにはもう、そこしか残されていなかった。

「気がつくと、おれは飛行機を操縦してたんだ」とチャーリーは切り出す。「その飛行機ってのが、電話線と使い古してくたくたになった皮革の切れっ端でできてるんだよ。そいつに乗り込んで、寝室の窓から飛び立ち、月まで行こうとしてるんだな。ところが、月まであと半分ぐらいのところで、サンタクロースそっくりなのに、なぜか税関職員の制服を着た男が手を振って、止まれって言うんだよ――ああ、そいつも電話線でこしらえた飛行機に乗ってんだ。おれは飛行機を近くの雲に寄せて停めた。すると、そいつが言うのさ――『おい、このウェディング・クッキーってのを発明したの、まさか、あんたじゃないだろうな？　もしそうなら、断っとくが、月には行けないぜ』。で、そいつが差し出したクッキーを見ると、男と女が結婚式を挙げてるとこがクッキーになってんだよ。生地を男と女と牧師の恰好にして、丸くて薄べったいクッキーの土台にくっつけたやつを、かりっと香ばしく焼きあげてあって……」という具合に、チャーリーの話は続いた。

精神分析の専門家に訊けば、きっと誰もが、チャーリーがそのとき歩みつつあった道の行き着く先は、偏執狂《モノマニア》という症例だとの診断を下すはずだ。人間には来る日も来る日も、来る夜も来る夜も、空想の支配する夢の世界に生きながら正気を保っていることなど、できるわけがない。チャーリーの毎日から少しずつ生きているという実態が消え去り、じきに彼は完全に幻影のなかで暮らすようになった。この種の偏執狂は、結局、あるひとつの物語に固執して、そればかりを反覆するようになるものだそうだが、チャーリーの場合も創作能力が次第に先細りになり、最終的にはそもそもの最初に披露したあの夢の話ばかりを何度も何度も繰り返すようになってしまった。そう、電話線でこしらえた飛行機で月に向かうという、あの奇妙《きみょう》奇天烈《きてれつ》な空の旅の話である。なんとも痛々しいありさまで、ぼくらとしては哀しくなるばかりだった。

それから一カ月……いや、二カ月ほどしたころ、チャーリーはとうとう療養所に送られることになった。チャーリーが連れて行かれる日、ぼく自身は所用で町を離れていたが、彼に同行したジョー・ファルツがそのときの様子を手紙で知らせてきた。「施設に到着したとたん、チャーリーはそこが気に入ったようだった」とジョーは書いている。「なんといっても眼に見えて落ち着いたし、眼つきもずっとよくなった」――チャーリーはそれまで、追い詰められた野生動物のような猛々《たけだけ》しい眼をしていたのだ――「それもむべなるかな」とジョー・ファルツの手紙は結ばれていた。「なんといっても、あの女からようやく解放されたわけだからね」

ぼくがチャーリーを見舞ったのは、それからさらに二週間か三週間してからだった。車で療養所を訪ねてみると、彼は網戸をめぐらしたポーチの長椅子に、やつれて蒼ざめた顔をして寝そべっていた。ベッドの脇の椅子にドロシーが腰かけていて、こちらは眼を輝かせて張り切っていた。ドロシーがそこにいるのは、なんだか意外だった。チャーリーはてっきり、少なくとも細君からは逃げ切り、安全な場所に身を隠しているものと思っていたからだ。チャーリーはもう、すっかり正気を失ってしまったように見えた。ぼくに気づくとすぐに、例のあの空の旅の話を語りはじめた。そして、サンタクロースそっくりの男が手を振って、止まれと合図をするところに差しかかった。

「――ああ、そいつも電話線でこしらえた飛行機に乗ってんだ。おれは飛行機を近くの歩道に寄せて――」

「あら、あなた、そうじゃないでしょ?」ドロシーが言った。「雲よ、近くの雲に寄せて停めたのよ。だって、空に歩道なんてあるわけないでしょ? あなたは飛行機を雲に寄せて停めたのよ」

チャーリーは溜め息をつき、長椅子に横になったまま少しだけ身体の向きを変えて、ぼくのほうを見た。ドロシーも愛らしい顔に愛らしい笑みを浮かべて、ぼくのほうを見た。

「この人、いつもこうなのよ」と彼女は言った。「この話をすると、いつもまちがえるの」

# 暴走妄想族

ふと気づくと、思い浮かべたことから空想が妄想になり、
妄想はひとたび走りだすや、とどまるところを知らず
大暴走。〝ちょっと変わった人たち〟の妄想の世界が
サーバーの手にかかると……

「もう、ほんと、つまらない早とちりをしちゃったの」イギリスの湖水地方のホテルに泊まっていたとき、そこで知り合いになったアメリカ人のご婦人がある日、そんなふうに話しかけてきた。「でもね、その本、平台《ひらだい》に並んでたのよ、ペンギン叢書のコーナーに——ほら、あの薄っぺらな紙の表紙の、値段の安いお手軽版のシリーズ。だから、てっきり探偵小説だと思い込んじゃったのね。だって、ほかのはみんな、探偵小説だったんですもの。でも、それが揃いも揃って、読んだことのあるものばかりなの。で、つい、その本を買ってしまったというわけなのよ、ろくに中身も確かめないで。ところが、よくよく見てみたらシェイクスピアじゃないの。そりゃ、もう、腹が立ったなんてもんじゃないわ。わかっていただけると思うけれど」

わたしは、それはよくわかる、というような主旨のことばをもごもごとつぶやいた。

「そもそも、ペンギン叢書を出してる会社って、なんでまたシェイクスピアの戯曲を、大きさから何から何まで、探偵小説とそっくり同じ見てくれにして出版したりなんかするのかしらね」とわたしの話し相手はしゃべりつづけた。

「確か、表紙の色を変えていたと思いますよ」とわたしは言った。

「あら、そう？　でも、あたしは気づかなかったけど」とアメリカ人のご婦人は言った。「それはともかく、その晩、ベッドにぬくぬくとおさまって、さあて、極上のミステリーでもゆっくりと愉《たの》しみましょうか、と思って見てみたら、あたしが買ってきた本、『マクベスの悲劇』なんですもの。ハイスクールの生徒が読む本じゃないの、『アイヴァンホー』[1]と似たようなもんだってことでしょう？」

「あるいは『ローナ・ドゥーン』[2]ですか？」とわたしは言った。

「そうそう、そういうこと」とアメリカ人のご婦人は言った。「しかも、あたしとしてはアガサ・クリスティーあたりを読みたい気分だったというのに。あたしね、エルキュール・ポアロの大ファンなの」

「あの、ウサギみたいにおどおどしている小心者の？」とわたしは訊き返した。

「あら、まさか」と犯罪小説専門家のご婦人は答えた。「エルキュール・ポアロというのはベルギー人の名探偵ですよ。あなたがおっしゃってるのは、ミスター・ピンカートン[3]のことでしょう? ブル警部の捜査を手助けする人。あの人も、まあ、悪くはないわね」

それから、わたしの話し相手は二杯めのお茶を飲みながら、以前に読んですっかり騙《だま》されてしまった、とある探偵小説のあらすじを話しはじめた——最初からずっと、その家のかかりつけの老医師があやしいと思ってはいたのよ、と彼女は言った。だが、そこでわたしは口を挟んだ。

「それで、お読みになったんですか——『マクベス』は?」

---

1 スコットランドの作家、サー・ウォルター・スコット(一七七一〜一八三二年)の歴史小説。十二世紀の英国を舞台に、リチャード一世の騎士アイヴァンホーや伝説的英雄ロビン・フッドの活躍を描く。

2 イギリスの作家、R・D・ブラックモア(一八二五〜一九〇〇年)の歴史恋愛小説。

3 アメリカの作家、デイヴィッド・フローム(一八九八〜一九八三年)の手になるミステリー・シリーズの主人公。山高帽に眼鏡とコウモリ傘がトレードマークの小心者。スコットランド・ヤードのブル警部を助けて事件の謎を解く。

「だって、仕方ないでしょう？　ほかに読むものなんてないんだから」

「で、ご感想は？」とわたしは尋ねた。

「退屈だったわ」彼女はきっぱりと言った。「だいたい、マクベスがやったとは、これっぽっちも思えないんですもの」

わたしは呆気にとられて、相手の顔をまじまじと見つめた。「やった、というのは……？」

「あの人が国王を殺したなんて、逆立ちしても思えないってこと」と彼女は言った。「それから、マクベス夫人が共犯って線もまずないわね。もちろん、世間的にはあの夫婦が真っ先に疑われるんでしょうけど。でもね、それっぽい人っていうのは、まず犯人じゃないの――というか、犯人であっちゃ駄目なのよ、ともかく」

「だけど、ぼくにはどうも――」

「あら、おわかりにならない？」とアメリカ人のご婦人は言った。「だって、そんなに簡単に犯人がわかってしまったら興醒めじゃありませんか。シェイクスピアだって馬鹿じゃないもの、そんなつまらないしくじりはしませんよ。以前にものの本で読んだんだけど、『ハムレット』の謎を解明した人ってまだ誰もいないんですってね。そのシェイクスピアが『マクベス』を書くのに、ちょっと読んだだけであっさりと犯人が割れちゃうような単純な筋立てにするわけがないわ」

わたしはパイプに煙草《たばこ》を詰めながら、彼女の発言を最初から検討した。それから、ふと思いついて尋ねてみた。「では、誰なんです、犯人は?」

「マクダフよ」彼女は即座に、なんのためらいもなく答えた。

「おや、まあ。それは、また、なんとも……」わたしは控えめにつぶやいた。

「そう、マクダフよ。断言してもいいわ」と殺人事件マニアのご婦人は言った。「あの男が犯人だってこと、エルキュール・ポアロなら簡単に突き止めたでしょうね」

「マクダフが犯人だと思われた根拠は?」わたしは説明を求めた。

「根拠? そうねえ」と彼女は言った。「実は、あたしもすぐにはわからなかったの。最初はバンクォーを疑ったわ。ところが、ほら、あの人はあとになって殺されちゃうでしょう？　あそこは確かによくできてたわね、あの部分は。最初の殺人事件の容疑者ってのは、第二の殺人事件の被害者になるものだから」

「ほう、そうなんですか?」わたしは遠慮がちにつぶやいた。

「ええ、そういうものです」と事情に通じたご婦人は言った。「だって、常に読者を出し抜いてやらなくちゃならないわけでしょう？　でね、第二の殺人が発覚したあと、さすがのあたしも、しばらくは犯人の見当がつかなかったの」

「マルコムとドナルベインはどうなんです、あの国王の息子たちは？」とわたしは尋ねた。「最初の殺人が発覚したあと、確か、あのふたりはすぐに逃げだしたはずですよ。あれはどう考えてもあやしいな」

「そう、あやしすぎるのよ」とアメリカ人のご婦人は言った。「あまりにも、あやしすぎるの。逃げだした人ってのは、だいたい犯人じゃないわ。その線はまずまちがいないと思って大丈夫よ」

「なんだかブランデーが呑みたくなってきたな」わたしはそう言うと給仕を呼んだ。わたしの話し相手は眼を輝かせ、お茶のカップをかたかたと小刻みに震わせ、こちらに身を乗り出してきた。「ダンカン王の死体の第一発見者は誰だったと思います？」と勢い込んだ口調で答えを求められた。

申し訳ないが、忘れてしまった、とわたしは答えた。

「マクダフが見つけるのよ」彼女の語りは、いつのまにか、文法用語で言うところの歴史的現在に切り替わっていた。「そして階段を駆けおりてきて叫ぶの。『破壊の手が、神の宮居《みやい》を毀《こぼ》ちけがし』とか『極悪非道の弑虐《しいぎゃく》、その命を奪いとったのだ』とか、そんなふうなこむずかしいことを次から次へと』。そこで、説得に長《た》けたこのご婦人はわたしの膝をぽんと叩いた。「あれはね、あらかじめ練習してた台詞《せりふ》なの。だって、その場の思いつきで、あんな舌を嚙みそうなことを、それこそ立て板に水って調子で言えると思う？　死体を発見したってときに」。眼をきらりと光らせて、ご婦人はわたしをじっと見つめた。

「いや、それは、たぶん——」

「そうよ、無理よ」わたしのことばを先取りして、ご婦人は言った。「無理に決まってるの。あらかじめ練習でもしておかない限りは。普通は『たいへんだ、人が死んでる！』って言うもんじゃない？　ただの発見者なら、それが精いっぱいでしょ？」ご婦人はそう言って椅子の背に寄りかかると、自信たっぷりにわたしを見つめた。

わたしはしばらく考え込んだ。「しかし、〝第三の刺客《しかく》〟のことは、どう考えればいいんでしょう？」とわたしは尋ねた。「〝第三の刺客〟の存在は、この三百年間、『マクベス』の研究家たちを悩ませてきたテーマでもあるわけですが」

「それは、マクダフを疑ってみるという発想がなかったからだわ」とアメリカ人のご婦人は言った。「犯人はマクダフです。それは、もう、絶対にまちがいないわ。だって、事件の関係者が、そのへんのつまらないチンピラ二人組の手にかかって殺されるなんて、あり得ないもの――犯人は重要人物でなくちゃ駄目なんだから」

「そうすると、あの祝宴の場面はどうなります？」少しして、わたしは尋ねた。「バンクォーの亡霊が登場してきて、マクベスの坐るはずの椅子に坐っていた場面ですよ。あそこでなぜ、マクベスはあんなふうに慌てて、いかにも罪の意識に駆られているような振る舞いに及んだんでしょうね？」

ご婦人はそこでまた身を乗りだし、わたしの膝をぽんと叩いて言った。「亡霊なんていなかったのよ。マクベスは大の男よ。しかも武将よ。そんな人がやたらに亡霊なんか見るもんですか。それも煌々《こうこう》と灯りのともった宴席で、おまけに何十人もの人がまわりにいるようなところで。マクベスはね、亡霊が見えたふりをすることで誰かをかばったのよ」

「誰をかばったんです？」とわたしは尋ねた。

「決まってるじゃない、マクベス夫人よ」とご婦人は言った。「マクベスは自分の奥さんが犯人だと思って、それで身代わりになろうとしたのよ。妻に疑いがかかると、夫というのはたいてい身代わりになろうとするものですからね」

「でも、そうなると、あの夢遊病の場面は?」

「同じことよ。役割が逆転しただけ」とわたしの話し相手は言った。「あの場面では、妻が夫をかばおうとしたの。マクベス夫人は眠ってなんかいませんよ。だって、覚えてらっしゃらない? あの場面のト書き――『マクベス夫人、蠟燭《ろうそく》を手にして登場』って書いてあったでしょ?」

「ええ、確かに」とわたしは言った。

「睡眠中に歩きまわる人は灯りを持ったりしません」この旅先の友はそう言った。「そういう人たちには、一種の透視能力のようなものが備わってるの。だって、聞いたことないでしょう、夢遊病の人が灯りを持ってたなんて?」

「そりゃ、まあ、そうですな」とわたしは言った。「確かに聞いたことがない」

「でしょ? だから、マクベス夫人は眠ってなんかいなかったの。夫をかばおうとして、いかにもあやしげな振る舞いをしてみせただけなのよ」

「なんだか、もう一杯ブランデーを呑みたくなってきました」わたしは給仕を呼んだ。ブランデーが運ばれてくると、すばやく呑みほして立ちあがった。「お話をうかがっていると、おっしゃることにも一理あるような気がしてきました。どうでしょう、あなたがお求めになった『マクベス』を貸してはいただけませんか？　今夜にでも、ぼくもひととおり眼を通してみますよ。なんだか、今まで一度も、ちゃんと読んだことがなかったような気がしてきました」

「ええ、あとでお持ちします」とご婦人は言った。「読んでいただければ、きっとおわかりになるわ、あたしの説が正しいってこと」

その晩、わたしは問題の戯曲を注意深く読み返し、翌朝、食事をすませたあと、件《くだん》のアメリカ人のご婦人を捜した。パターゴルフのコースにいるのが見えたので、黙ってうしろから近づき、すばやく腕をつかんだ。ご婦人は驚いて声をあげた。

「折り入ってお話ししたいことがあります、ふたりきりで」とわたしは低い声で言った。ためらいがちに頷いたご婦人を従え、人気《ひとけ》のない物陰に向かった。

「何かわかったことでも？」とご婦人は声をひそめて言った。

「ええ、わかったんです」わたしは得々として答えた。「正体を突きとめたんですよ、殺人犯の」

「それじゃ、犯人はマクダフではないってこと？」

「いずれの殺人に関しても、マクダフは無実《シロ》です」とわたしは言った。「ちなみに、マクベスとマクベス夫人も無実《シロ》でした」。わたしは持参してきていた本のページを繰り、第二幕第二場を開いた。「ほら、ここを見てください。このマクベス夫人の台詞です――『あいつたちの短剣は、あそこに出しておいた、見つからぬはずはない。あのときの寝顔が父に似てさえいなかったら、自分でやってしまったのだけれど』――どうです、これでおわかりでしょう？」

「わからないわ、あたしには」アメリカ人のご婦人はそっけなく言った。

「こんな見え透いたことなのに！」わたしは大声を張りあげた。「以前に読んだときにどうして気づかなかったのか、自分でも不思議なぐらいですよ。いいですか、ダンカン王の寝顔が、なぜマクベス夫人の父親に似ていたのか？　それは実際にマクベス夫人の父親だったからなんです！」

「あら、まあ……」相手は控えめにつぶやいた。

「ダンカン王を殺したのは、マクベス夫人の父親です。ところが、そのとき、人が近づいてくる足音が聞こえたものだから、死体をベッドのしたに押し込んで、代わりに自分がベッドにもぐり込んだんですよ」

「だけど、たった一回しか出てこない人物を犯人にするわけにはいかないでしょう? それは無理というものだわ」

「わかってます」とわたしは言って、第二幕第四場を開いた。「ここを見てください——『ロスが老人と登場』とありますね。この老人はただの老人であって誰とも書かれていない。ぼくの推理では、これがマクベス夫人の父親で、彼には自分の娘を后にしたいという野心があったんです。ほら、そう考えれば、動機も充分じゃないですか」

「だとしても——」とアメリカ人のご婦人は声を高くして言った。「登場人物のなかではほんの端役《はやく》だわ!」

「いやいや、そんなことはありませんよ」わたしは嬉々として言った。「まだお気づきになっていらっしゃらないようですが、この老人は実はあの妖《あやか》しの姉妹のひとりでもあるんです」

「あの三人の魔女のひとりってこと?」

「そのとおり」とわたしは言った。「まあ、この老人の台詞を聞いてください——

『この前の火曜日、一羽の鷹《たか》が、空高く舞いあがり、誇らかにその高みを極めたかとおもうと、いきなり横から飛びだした鼠《ねずみ》とりの梟《ふくろう》めにあえなく殺されてしまいましたっけが』。この台詞、果たして誰の台詞に聞こえますか？」

「そう言われてみれば、確かに、あの三人の魔女の台詞に聞こえなくもないわね」わたしの話し相手は、しぶしぶながらそのことを認めた。

「そのとおり」とわたしはまた言った。

「それは、まあ、あなたのおっしゃることもわかるし」とアメリカ人のご婦人は言った。「そうかもしれないという気もするけれど、でも、やっぱり――」

「そうかもしれない、ではなく、そうなんです。絶対にまちがいないんです」とわたしは言った。「さて、これからぼくが何をしようと思っているか、おわかりになりますか？」

「いいえ、何をなさるの？」

「『ハムレット』を買いに行くんです」とわたしは言った。「そして謎を解いてやるんですよ、ハ、ハムレット、ハムレットの！」

わたしの話し相手は眼を輝かせた。「それじゃ、やったのはハムレットではないと考えていらっしゃるのね？」

「ええ、その点については断言してもいいと思ってます」

「だとしたら、誰なんです？」彼女は語気を強め、答えを求めてきた。「誰を疑っていらっしゃるの？」

わたしは精いっぱい謎めかした眼つきで、彼女をじっと見つめた。「誰もかもです」そう言うと、来たときのように音をたてずに小さな木立に分け入り、わたしは相手のまえから姿を消した。

# 虹をつかむ男——ウォルター・ミティの誰も知らない別の人生

「よし、行くぞ」艇を預かる中佐の声は、薄氷が割れるように響いた。中佐は海軍の正装に身をかため、太い金モールの飾りのついた白い制帽を小粋に傾げ、片方に引きおろしたつばのしたから、冷ややかな灰色の眼をのぞかせていた。

「無理です、艇長。自分の見たところ、今にもハリケーンが襲来しそうな雲行きですから」

「申し訳ないが、バーグ大尉、きみの意見は求めていない」と中佐は言った。「動力灯点灯！　回転速度八千五百まで上昇！　目標に向かって前進！」

　気筒《シリンダー》の刻むリズムが次第に速くなった——タ・ポケタ・ポケタ・ポケタ、**ポケタ・ポケタ**。中佐は操舵室の窓に眼を凝らし、ガラスに氷が張りはじめるのを見つめた。それから、計器類のところまで足を運び、複雑に配された各種機器のダイアルをいくつかひねった。

「八号補助動力、始動！」と中佐は叫んだ。

「八号補助動力、始動！」バーグ大尉が復唱した。

「三号旋回砲塔《タレット》に総力配備！」中佐が叫んだ。

「三号旋回砲塔《タレット》に総力配備！」

エンジン八基の爆音を轟《とどろ》かせ全速前進を続ける、巨大な海軍飛行艇の艇内で、各自の任務を遂行中の乗員たちは、互いに顔を見あわせ、にやりと笑いあった。

「〝親爺《おやじ》〟に任せときゃ、大丈夫だ」と乗員たちは言い交わした。「ああ、あの人は地獄だって屁とも思っちゃいないから」……

「ちょっと、そんなに飛ばさないで！　スピード、出しすぎよ」ミティ夫人が言った。

「何をそんなに焦る必要があるわけ？」

「んっ？」とウォルター・ミティは言った。助手席に坐る妻のほうに顔を向けたとたん、ぎくりとした。まるで見ず知らずの女に思えたのだ。雑踏のなかで声をかけてきた、一度も会ったことのない女のように。

「九十キロ近く出てたわよ。いつも言ってるでしょ、あたしは六十五キロ以上出されるのが嫌いだって。それなのに、あなたったら、九十キロも出すんだもの」

ウォルター・ミティは黙りこくったまま、ウォーターベリーに向けて車を走らせた。二十年になんなんとする海軍航空隊史上、最悪の大暴風雨を突破しつつあったSN二〇二号艇の爆音は、次第に遠ざかり、彼の心の奥に秘められた空路の果てに消えていった。

「あら、やだ、あなた、また緊張してるの？」とミティ夫人が言った。「いつもしてることを、いつもどおりにしてるだけなのに。一度、病院に行ってレンショウ先生にちゃんと診《み》てもらったほうがいいんじゃない？」

ウォルター・ミティは、目的の建物のまえで車を停めた。奥方の行きつけの美容院が入っている建物だった。「あたしが美容院に行ってるあいだに、オーヴァーシューズを買うの、忘れないようにね」とミティ夫人は言った。

「必要ないよ、オーヴァーシューズなんて」とミティは言った。

手鏡をのぞいていた奥方は、バッグに鏡をしまうと車を降りながら「そのことはもう話し合って決めたはずでしょ？」と言った。「あなただってもう若くはないんですからね」

ミティは答える代わりに車のエンジンを少しだけふかした。

「あら、手袋は？　どうしてしないの、手袋？　なくしたの？」

ウォルター・ミティはポケットに手を入れ、手袋を引っ張り出した。いったんはめることははめたが、奥方がこちらに背を向けて建物に入っていくのを見届けると、車を次の信号まで進め、赤信号で停車しているあいだに、また手袋をはずした。

「はい、はい、そこの人。のんびりしてないで」信号が変わって警官にせっつかれたものだから、ミティは慌てて手袋をはめ、ぎくしゃくと車を出した。しばらくのあいだ、通りから通りへ、当てもなく車を走らせ、それから病院のまえを通って駐車場に向かった。

……「患者さんは、資産家で銀行家のウェリントン・マクミランとおっしゃる方です」可憐な看護婦が言っていた。

「そう？」ゆっくりと手袋をはずしながら、ウォルター・ミティは言った。「担当の医師は？」

「レンショウ先生とベンボウ先生ですけど、ほかにも二名ほど、専門医の先生がお見えになってます。ニューヨークのレミントン先生と、ロンドンからいらしたプリチャード・ミトフォード先生です。プリチャード・ミトフォード先生は飛行機でいらしたんです」

冷え冷えとした長い廊下の先のほうでドアが開き、レンショウ医師が出てきた。医師はげっそりと面《おも》やつれして、動揺の色を隠しきれていなかった。

「やあ、ミティ」レンショウ医師は言った。「まいったよ、マクミランには悪戦苦闘させられてる。資産家で銀行家でルーズヴェルト大統領の親友でもあるって言われたって。分泌腺導管障害だよ、それも第三期の重症なんだ。きみにもちょっと診てもらえないだろうかと思ってね」

「いいですよ、もちろん」とミティは言った。

手術室に入ったところで、囁《ささや》き声にて紹介が執り行なわれた。「レミントン先生、こちらはミティ先生です。プリチャード・ミトフォード先生、こちらはミティ先生です」

「ストレプトトリコージス[1]に関してお書きになった先生の論文、拝読しましたよ」握手を交わしながら、プリチャード・ミトフォード医師が言った。「あれはすばらし

1 真菌による表皮の急性感染症。ただし、獣医皮膚科用語として使われることが多い。

かった。いい仕事をなさいましたね、先生」

「恐縮です」とウォルター・ミティは言った。

「きみがアメリカに戻っていたとは知らなかったよ」レミントン医師は、明らかにぼやいている口調で言った。「これじゃ、屋上屋《おくじょうおく》を架《か》すってやつじゃないか。きみがいるんだから。いくら第三期だからって、ミトフォードやわたしまで呼び出すなんて」

「痛み入ります」とウォルター・ミティは言った。

ちょうどそのとき、数えきれないほどたくさんの管《チューブ》やら導線やらで手術台と接続されていた、巨大な、見るからに複雑そうな仕様の機械が、ポケタ・ポケタ・ポケタと音をたてはじめた。

「麻酔器の調子がへんです」インターンが叫んだ。「これは新式の機器なんです。直せる人は東部にはひとりもいません」

「静かにしたまえ、きみ」ミティは低く冷静な声でインターンをいさめると、すぐに巨大な機械にとびついた。いつの間にか機械のたてる音が、ポケタ・ポケタ・クイープ・ポケタ・クイープに変わっていた。一列に並んだぴかぴかのダイアルに向かい、ミティは慎重な手つきで調節に取りかかった。「誰か万年筆を持っていないか?」歯切れのいい口調で尋ねた。どこからともなく、万年筆が差し出された。ミティは機械のなかから不調の原因となっていたピストンを抜き出し、代わりにその万年筆を挿し込んだ。「これで十分間はもつはずだ」とミティは言った。「手術を続けてください」

看護婦がレンショウ医師に駆け寄り、耳元で何事か囁いた。レンショウ医師の顔が、ミティの眼にもそれとわかるほど蒼ざめた。「まずいぞ、金鶏菊化《コリオプシス》を起こしかけてる」不安と苛立《いらだ》ちの混じった口調で、レンショウ医師が告げた。「ミティ、執刀を代わってもらえないか?」

ウォルター・ミティはレンショウ医師の顔を見た。それから気圧《けお》された態《てい》でおろおろしているベンボウ医師の顔を見て、飲酒の痕跡を見て取り、さらにふたりの著名な専門医の思い詰めたような顔を見て、自信の欠如を見て取った。「いいですよ、そのほうがよければ」ミティは言った。周囲の者たちの手で白い手術着を着せられながら、ミティはマスクの位置を調節し、ぴったりとした手袋をはめた。看護婦が手渡してきた鋭く光る……

「ちょっとバックしてくれないかな、お客さん。ほら、そこのビュイックに気をつけて」

ウォルター・ミティは慌ててブレーキを踏んだ。

「ちがう、ちがう、そっちじゃないよ」駐車場の係員はそう言うと、ミティの顔をまじまじとのぞき込んできた。

「ああ、しまった、ほんとだ」ミティはつぶやいた。《出口専用》と掲示の出ている通路から抜け出すために、慎重に車をバックさせようとしたとき、係員が言った。

「いいですよ、お客さん、そこに置いといて。こっちで停めておきますから」。ウォルター・ミティは車から降りた。

「ちょっと、お客さん、キーを置いてってもらわないと」

「ああ、そうだった」ミティは駐車場の係員に車のキーを手渡した。

係員はそそくさとミティの車に乗り込むと、これ見よがしのハンドルさばきでバックさせ、しかるべき位置にしかるべく収めた。

ああいう連中というのは、どうしてああも生意気なのか——メイン・ストリートを歩きながら、ウォルター・ミティは心のなかでぶつくさ言った。あいつらは、なんでも心得てると思ってやがる。いつぞやも、ニューミルフォードの市《まち》を出たところでタイア・チェーンをはずそうとして、車軸に絡みつかせてしまい、仕方なくレッカー車を呼ぶはめに陥ったことがあったが、そのときに自動車修理工場から派遣されてきた若い男も訳知り顔ににやにやしていやがった。それ以降、チェーンをはずすときは必ず、自動車修理工場まで運転していってはずしてもらったほうがいい、とミティ夫人に言われている。よし、この次は——とウォルター・ミティは考えた——三角巾で右腕を吊っていってやろう。そんな姿を見せれば、さしもの連中もにやにや笑ったりはするまい。三角巾で右腕を吊っている人間に、タイア・チェーンがはずせないのは無理もないことだと思うはずだ。ウォルター・ミティは歩道脇のとけかけた雪を蹴飛ばした。「そうだ、オーヴァーシューズ」とひとりつぶやき、靴店を探しはじめた。

オーヴァーシューズの箱を小脇に抱えてまた通りに出たとき、ウォルター・ミティは記憶をたぐっていた。奥方からもうひとつ、買っておくようにと指示されたものがあったはずだが、はてさて、それはなんだったか。ウォーターベリーに向かうべく家を出るまえに、二度も言われている。これだから、こうやって週に一度、市《まち》に出るのが億劫になるのだ。いつだって買い物をまちがえてしまうから。買い物は——ウォルター・ミティは考え込んだ——クリネックスと言われたんだったかな？　いや、スクウィブスの何かだったかな？　それとも剃刀《かみそり》の替え刃？　いや、ちがう。練り歯磨きか、歯ブラシか、重曹《バイカーボネイト》か、研磨剤《カーボランダム》か、有権者発議権《イニシアティヴ》に国民投票《レファレンダム》……こりゃ、だめだ。ウォルター・ミティは諦めた。

だが、奥方のことだ、まちがいなく覚えていて、「ちょっと、あなた、なんとかかんとかはどこにあるの？」と訊いてくるに決まっている。「ちょっと、やだ、もしかして、なんとかかんとかを買い忘れたわけじゃないでしょうね」と続くのだ。

新聞売りの少年が、ウォーターベリー裁判所で公判が進行中だというようなことを叫びながら、すぐそばを通り過ぎていった。

……「これを見れば記憶が甦るのではないですか？」地方検事はそう言うと、だしぬけにごつい自動拳銃《オートマティック》を持ち出してきて、証言席についた物静かな人物の鼻先に突きだした。「この拳銃を以前に見たことは？」

ウォルター・ミティは拳銃を受け取り、物慣れた手つきで検《あらた》めた。「これはわたしのウェブリー・ヴィカーズ50・80です」ミティは冷静に答えた。

法廷内を興奮のざわめきが駆け抜けた。判事は木槌《きづち》を鳴らして静粛を命じた。

「あなたは拳銃の名手で、種類を問わず、小火器の扱いには長《た》けていたのではありませんか？」取り入るような口調で、地方検事は巧妙に質問をしかけてきた。

「異議あり！」ミティの弁護士が叫んだ。「被告人が銃を撃てる状態になかったことは、すでに立証ずみです。七月十四日の夜、被告人は三角巾で右腕を吊っていたのです。それも立証したはずです」

そこでウォルター・ミティがさっと片手を挙げて、口角泡を飛ばさんばかりに意気込んでいた双方の代理人を黙らせた。

「拳銃と名のつくものなら、どれでもかまいません」ミティは落ち着き払って言った。「わたしは百メートル離れたところからグレゴリー・フィッツハーストを撃ち殺せたでしょう、たとえ左手でも」

たちまち法廷内は騒然となった。混乱の渦のなかからひときわ高く、女の悲鳴が響き渡り、あっと思ったときには黒髪の愛らしい娘がウォルター・ミティの腕に抱かれていた。地方検事は凶暴にもその娘に殴りかかった。ウォルター・ミティは悠然と椅子に腰かけたまま、検事の顎先に拳を叩き込んだ。「これでも喰らえ、このあさましい野良犬が！」……

「そうか、犬用のビスケットだ」ウォルター・ミティは声に出して言った。歩みを止めると、法廷を包んでいたもやの奥からウォーターベリーの街並みがせり出してきて、再びミティを取り巻いた。

通りすがりの女が笑い声をあげた。「聞いた？　〝犬用のビスケット〟ですって」女は連れに言った。「あの人、今、〝犬用のビスケット〟なんて独り言を言ったのよ」

ウォルター・ミティは慌てて歩きだした。そして、スーパーマーケットを探し、A＆Pの最初に見つけた店舗は素通りして、通りのもっと先にある小さいほうの店に飛び込んだ。「小型犬の子犬にやるビスケットがほしいんだ」とミティは店員に言った。「どこか銘柄のご指定はありますか？」

世界一の拳銃の名手は、一瞬考え込んだ。「ええと、箱に〝わんちゃん、まっしぐら〟って書いてあるやつだ」とウォルター・ミティは言った。

腕時計を見たところ、あと十五分ほどで奥方が美容院でのお手入れを終えるころだった。ただし、乾かすのに手間取らなければ、という条件がつく。ときどき、そういうことがあるのだ、乾かすのに手間取ることが。奥方は待ち合わせのホテルに先に着くのを嫌がる。いつものことながら、夫が先に着いて待っていてほしいのだ。ウォルター・ミティはロビーに入ると、窓に向いた大きな革張りの椅子に眼をつけた。

オーヴァーシューズと犬用ビスケットの箱を椅子の足元に置き、「リバティ」誌の古い号を手に深々と腰を降ろした。〝ドイツ空軍は世界を制覇しうるか?〟廃墟となった街並みと爆撃機の写真に、ウォルター・ミティは眼をやった。

……「立て続けの砲撃に、ラリーのやつはすっかり怯えてしまっています」軍曹が言った。ミティ大尉は顔をあげ、無造作に垂らした前髪越しに軍曹のほうを見やった。「寝かせたほうがいいな」ミティ大尉は大儀そうに言った。「ほかの者ももう床に就け。飛ぶのはわたし独りで充分だ」

「いいえ、それは無理であります、大尉」軍曹は不安を隠さずに言った。「あの爆撃機を飛ばすには、ふたりは必要です。それに、いつ何時、敵方の高射砲が襲いかかってくるか予測もつきません。おまけにソーリエまでの空路には、フォン・リヒトマン率いる曲乗り飛行隊が睨みを利かせているじゃないですか」

「しかし、あそこの兵站《へいたん》基地は今のうちに叩いておく必要がある」とミティ大尉は言った。「わたしが行けばいいだけのことだ。どうかね、軍曹、ブランデーをひと口やらないか?」ミティは軍曹の分と自分の分の飲み物を注いだ。

壕《ごう》のそとでは戦火が荒れ狂い、轟音《ごうおん》が炸裂し、砲声が空を切り、戸口の扉を乱打した。木の裂ける音がしたかと思った次の瞬間、戸口の扉の板が割れ、待避壕のなかに破片が飛び散った。

「今のは近かったな」ミティ大尉は涼しい顔で言った。

「敵が迫ってきてるんです。これじゃ、集中砲火を浴びてるも同然です」と軍曹は言った。

「軍曹、人生は一度きりだ」ミティ大尉はふっと淡い笑みを浮かべた。「そうだろう?」そして、ブランデーをもう一杯注ぐと、それを勢いよくあおった。

「大尉殿のようにブランデーに強い方は見たことがありません」と軍曹は言った。

「失礼なことを申しあげるようですが、これは褒めことばのつもりであります」

ミティ大尉は立ちあがり、ウェブリー・ヴィカーズのごつい自動拳銃《オートマティック》を身につけた。

「敵中四十キロも飛ばなくちゃならんのです、大尉、まさに命がけですよ」と軍曹が言った。

ミティ大尉はブランデーの最後の一杯を呑みほした。「だが、軍曹」と彼は言った。「結局、人の一生なんてそんなもんじゃないのかね?」

着弾の間合いが短くなっていた。ラタタタ、ラタタタという機関銃の音もしている。

どこからか、新型の火炎放射器のあの身の毛のよだつような、ポケタ・ポケタ・ポケタという音が聞こえてきた。ウォルター・ミティは〈僕のブロンド娘のそばに《オプレ・ドゥ・マ・ブロンデ》〉を口ずさみながら壕の出口に向かった。そして戸口のところでくるりと振り向き、軍曹に手を振り、「では失敬《チェリオ》！」と言うと……

肩に何かが当たった。「ちょっと、ホテルじゅう捜しちゃったじゃないの」ミティ夫人が言った。「あなた、いったいどうしちゃったの、こんな古くさい椅子の陰に隠れたりなんかして？　これじゃ、いくら捜したって見つかりっこないわよ」

「包囲されてるんだ」ウォルター・ミティは、心ここにあらずで答えた。

「なんですって？」と奥方は言った。「それより、あれは買ってきてくれた？　ああ、わんちゃん用のビスケットね。で、そっちのその箱は？」

「オーヴァーシューズだよ」

「あら、どうして買ったところで履いてこなかったの？」

「考えごとをしていたもんだから」ウォルター・ミティは言った。「ぼくだってときには考えごとぐらいするんだよ。今まで気づかなかったのかい？」

ミティ夫人は彼の顔をまじまじと見つめた。「うちに帰ったら、熱を計ってあげなくちゃね」と彼女は言った。

ふたりは回転ドアを抜けて戸外《そと》に出た。押したときに、人を小馬鹿にしたような、ひゅっという音を密やかにたてるドアのことだ。ミティが車を預けた駐車場は、そこから二ブロックばかり先だった。角《かど》のドラッグストアのところで、奥方が言った。

「ここでちょっと待っててくれない？　忘れもの、しちゃったみたいなの。すぐに戻ってくるから」

だが、奥方はすぐには戻ってこなかった。ウォルター・ミティは煙草《たばこ》に火をつけた。いつの間にか雨が降りだしていた。みぞれ混じりの雨だった。ドラッグストアの壁にもたれて、ひとしきり煙草をくゆらせ……それから胸を張り、両足の踵《かかと》を合わせた。

「いや、目隠しのハンカチは無用だ」ウォルター・ミティは言下に言い放つと、最後の一服を深々と吸い込み、煙草を投げ捨てた。そして、口元をふっとゆるめ、あの淡い笑みを浮かべたのち、銃殺刑を執行するために居並んだ射撃小隊と真正面から向かいあった。直立不動の姿勢で、誇り高く、何ものをも恐れず、敗北ということを知らぬ男、ウォルター・ミティは、こうして謎を秘めたまま、その最期を……

当ててごらんと言われてもねえ……

当ホテルをご出立ののち、お客さまのご滞在なさったお部屋にて遺失物一点を回収いたしました。お心当たりがございましたら、ご一報くだされたく、その際にはあわせて、物品の特徴をお書き添えのうえ、その処置につきましてご指示を賜《たまわ》りたくお願い申しあげます。なお、当ホテルでは、お預かりスペースの都合により、お忘れもののお預かり期間に関しましては二カ月を限度とさせていただいております。

ニューヨーク市マンハッタン区レキシントン・アヴェニュー四十八丁目
ホテル・レキシントン
遺失物預保管担当
R・E・デイリー

親愛なるデイリー様

　お知らせいただいた件は、貴殿のご想像以上に複雑なことになりそうです。こうして返事を差しあげるまでに二週間もの猶予を頂戴したのも、当方はそちらにいったいいかなる代物を置き忘れてきたものやら、いまだに思い出しかねているからなのです。今となっては、お知らせいただいた時点で、そのままあっさり忘れてしまわなかったことが悔やまれます。実を申せば、忘れようとはしてみたのですが、何かというと思い浮かんできてしまうのです。

　とうとうアルファベット順に検討することが癖になってしまい、夜、寝床に入っても寝つけず、ひとり物の名前を挙げてみる始末です。たとえばBの項なら——化粧着《バスローブ》、香油《ベーラム》、本《ブック》、自転車《バイシクル》、革帯《ベルト》、赤子《ベイビー》といったあんばいに。かかりつけの精神分析医であるプリル医師《せんせい》からは、思い切って貴殿に会いにいき、この件を直接話しあってみてはどうかとの助言をいただきました。

　これまでのところ、自信を持って除外できたものは、たった二点のみです。パジャマとヘアブラシは持参した覚えがないので、回収いただいたものがパジャマかヘアブラシであるはずはありません。ですが、この程度のことが判明したところで、大した進展とは言えないでしょう。そこで、当方は大々的な家捜《やさが》しを試み、その結果、実にたくさんの物品が紛失していることに気づきましたが、果たしてそのなかのどれを――そのなかにあるものと仮定しての話ですが――あの晩、ホテル・レキシントンに持ち込んだのか、どうしても思い出せないのです。紺のスーツの揃いのヴェストか、生命保険の保険証書か、うちのスコッチテリアの〝ジーニー〟か、車の工具箱に入れておいたジャッキか、台所の抽斗《ひきだし》のなかにあるはずの栓抜きか、コーヒー沸かしのガラスの蓋か、ひと箱分のアスピリンか、シアトルにいる兄のウィリアムの転居先の住所を知らせてよこした父の手紙か、コダック2Aカメラ用の写真フィルム一本か（ただし撮影ずみ）、書類鞄《かばん》か（ただし一九二七年以降所在不明）。つまり保管してくださっている物品は、このなかのどれであってもおかしくはないということです（書類鞄のみはそれに当たらず、ですが）。あの金曜日の当方の精神状態を考えれば、車輛用のジャッキを日がな一日持ち歩いていたというのも、まんざらありえないことでもないように思われるのです。

いちばんの気がかりは、そちらの部屋に置き忘れてきたものが、なくなっていても当方が気づかず、また貴殿が何かヒントのようなものをくださらなければ当方には決してわからないものかもしれない、ということです。それは、動物ですか、植物ですか、鉱物ですか？　当方と同じぐらいの大きさですか？　それとも二倍ぐらいはありそうですか？　人間の手よりも小さいですか？　スクリュー式のキャップがついていますか？　動いているときには、チクタクやカチコチなどに類する規則正しい音を立てますか？　新品で買った場合は百ドルぐらいしますか？　もしくは千ドルでしょうか？　あるいは五十セントとか？　まさか歯痛止めの空き瓶とか、使用ずみの剃刀《かみそり》の刃ということはないでしょうね？　なぜなら、そのふたつは故意に残してきたものだからです。以上のような質問はきわめて妥当なものであるように思えるのですが、その気になれば、ほかにもまだひねり出すことができます。ここで敢《あ》えてお尋ねするつもりはありませんが、たとえば——それは紺のズボンとジャケットに合わせて用いるものですか？　吠えますか？　車の車輪を地面から持ちあげることができますか？　瓶の栓を抜くことができますか？　痛みを和らげるのに役立ちますか？　誰かからの手紙ですか？　当方が死亡した場合、払い込みが継続中であれば、それによって誰かがお金を手に入れることになりますか？　とか。

そういうわけなので、貴殿にはぜひここで、当方が最初に投げかけたいくつかの質問に〝イエス〟か〝ノー〟で答えるおつもりがあるのか否かを、はっきりとお示しいただきたい。なぜなら、それがこの種のクイズの一般的な決め事となっているからです。だって、考えてもみてくださいよ、貴殿がそこにその間の抜けたあほ面をぶらさげて、ぬぼーっと突っ立ったまま、首を横に振っては「さあて、なんだろ、なんだろな。さあて、なんだろ、なんだろな」と繰り返すだけなんてことになるなら、そりゃ、もう知ったことか、と思いたくもなるでしょう。たとえそれがダイアモンドの指輪であっても。

ところで、これまでの話は言うまでもないことでしょうが、当方が宿泊した部屋になんらかの物品をまちがいなく置き忘れてきたことを前提としています。もし、本当は忘れ物などしていなくて、これが単なる〝当ててごらん〟ゲームで、正解はロバート・E・リー将軍の愛馬だったりした日には、お覚悟召され。向こう一年間は、電話に出るたびにかけてきた相手から、作り声とあまたの偽名を駆使して何十もの部屋を予約されたり、二十三階で火事が発生していると通報されたり、貴殿の銀行口座の預金残高は赤字だと通告されたり、あるいは咽喉の奥から絞り出したようなどすのき

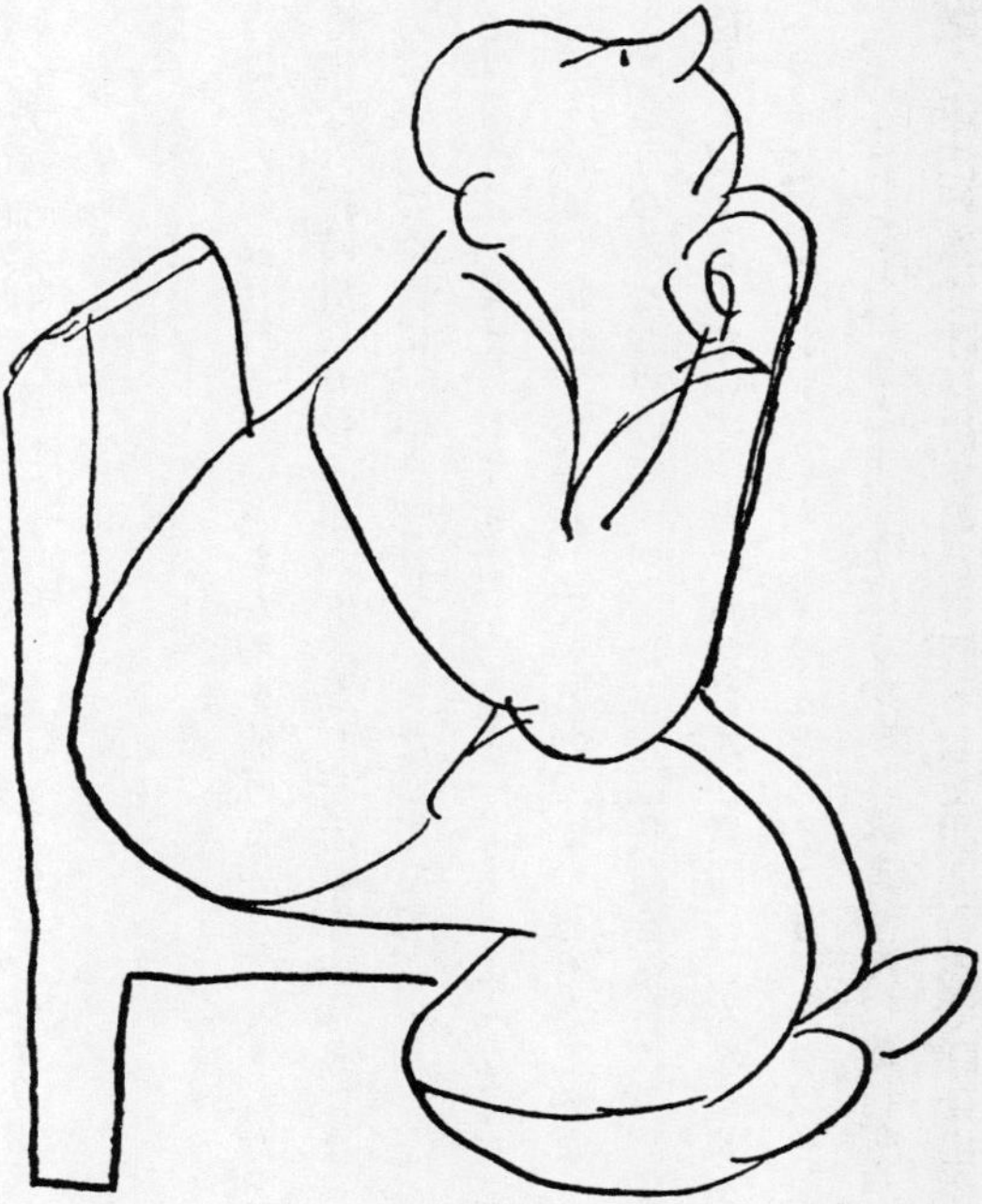

いたしゃがれ声で、ブルックリンで撃たれたジョー・〝ザ・ボス〟・マッセリアの敵討ちに、次はあんたを血祭りにあげてやる、と脅しをかけられたりすることになるでしょう。

そう、当方はことの成り行きにいささか臍《へそ》を曲げているのです。たとえば、貴殿が拙宅にお越しになり、時計なりキーホルダーなりを忘れてお帰りになられたとして、そのとき当方は安物の葉書に、何を忘れていったか当ててごらん、などと書いて出したりするでしょうか？　ええ、しますよ、今なら。でも、こんなごたごたに巻き込まれる以前のことを念頭に置いてお尋ねしているのです。誰もがこのような真似を始めてしまったら、どうなるとお思いです？　たとえば貴殿を常日ごろ、猫かわいがりしているお金持ちの叔父さんがいて、その叔父さんが貴殿にこんな電報を打ってきたとしたら――「ライゲツボウジツぐらんど・せんとらるエキチャクノヨテイ　デムカエヲコウ」。いや、これなどはまだましなほうかもしれません。裁判所が召喚状を発行する際に軽微な違法行為で呼び出すのか、歴とした犯罪行為で呼び出すのかを明示せずに、こんなふうに書かれた葉書を一枚ぺらんと送って寄越すだけだったら――「今に見てろ、ただですむとは思うなよ」。われわれはみんなノイローゼに陥ってしまうことでしょう。

さしあたり、当方にできることはただひとつ、貴殿のご要望に従って、あの部屋に置き忘れてきた物品の特徴を申し述べることしかなさそうですね。では、申しあげましょう。それは大きくて嵩高《かさだか》で扱いのやっかいな鉄製品で、日ごろは台所の抽斗に入れてあって、当方の死亡に際しては家内に対してある一定額の金銭を得る資格を付与するものであり、動いているときには吠え、使用を怠るとコーヒーが沸点に達した際にコンロ上に噴きこぼれることとなり、わが父の署名入りで、感光性が高く、神経の痛みを和らげ、色は濃紺です。

むろんのことながら、貴殿が抱いているのではないかと思われる疑問を当方も抱いていないわけではありません。つまり、貴殿が回収された物品は実は当方が置き忘れたものではなく、まえにその部屋に宿泊した人物、もしくは同時にあの部屋を、互いにそれとは気づかずに使用していた人物が残していったものかもしれない。そう考える根拠を述べましょう。

貴館に宿泊した夜のことです。フロントの受付係の人が当方の部屋の鍵を取り出す際に、一緒に伝言メモを取り出してきました。宛名はミスター・ドノヴァンとなっていました。それを確認して当方宛ての書状ではないと申し述べたところ、「ミスター・ドノヴァンという方とご一緒にご宿泊ではないのでしょうか?」と訊くのです。いや、ちがうと答えましたが、納得してはもらえていないようでした。貴殿が回収した物品というのは、実はそのミスター・ドノヴァンの忘れ物かもしれません。ミスター・ドノヴァン宛ての伝言が当方のキーラックに入っていたということは、つまるところ、その人物と当方は同時に同じ部屋を使用していた可能性がなきにしもあらずと思うからです。おそらく、そのミスター・ドノヴァンなる人物は当方が部屋を離れた直後に入室し、当方が戻ってくる直前に離室するということを繰り返していたのでしょう。

ニューヨークというのはそういう都会《まち》ですから。

いずれにしても、ありがたいことに、その物品が保険会社に戻されるなり、野犬収容所に送られるなり、どうなりこうなりされるまでには、まだ二カ月近くもあるのですから。そのあいだにじっくり考えてみるといたしましょう。

## もしグラント将軍がアポマトックスで酣酔《かんすい》の境地にあったとしたら、南北戦争はいかに終結していたか？

一八六五年四月九日、その日の夜明けは美しかった。東の空にひと筋、ふた筋、紅が差しはじめると、北軍の司令官であるミード将軍はただちに起床した。フッカー、バーンサイド[1]の両将軍も床を離れ、午前八時十五分過ぎには朝食を終えた。引き続き天気は晴朗だった。午前十一時近くになったが、ユリシーズ・S・グラント将軍[2]はまだお眼醒めにはならなかった。すっかり有名になったあの海軍式のハンモックを司令部の寝室に高々と吊り、そこでぐっすりとお休みになっているのである。司令部は眼も当てられないほどの散らかりようだった――書類は床に散乱し、間諜のもたらした極秘文書は開け放した窓から吹き込む折からのそよ風にさらわれて、あちらに運ばれ、こちらに戻され、大事な軍事地図には倒れた葡萄酒《ぶどうしゅ》の壜の底から流れだした澱《おり》が派手な薄紅色のしみをつけていた。

グラント将軍の従卒を務める、第六十五オハイオ志願歩兵連隊のシュルツ伍長が控えの間に入室し、あたりを見まわし、溜め息をひとつ深々とついた。それから寝室に入り、将軍のハンモックをいささか手荒に揺さぶった。ユリシーズ・S・グラント将軍は片方だけ眼を開けた。

「お休みのところ、失礼いたします、閣下」シュルツ伍長は言った。「本日は敵が投降してくる日であります。起きていただかないとなりません、閣下」

「揺さぶるんじゃない」グラント将軍は鋭く命じた。従卒の伍長がハンモックを、今度はいくらか遠慮がちに揺さぶろうとしていたからだった。「気分がすぐれないのだ」将軍はそう言うと寝返りを打って、また眼をつむった。

「そろそろリー将軍[3]が到着なさる刻限です」シュルツ伍長はきっぱりと言って、またハンモックを揺さぶった。

「揺さぶるなと言っただろうが」将軍は怒鳴った。「きさまはわしにゲロを吐かせたいのか？」

シュルツ伍長は慌てて踵《かかと》をかちりと合わせ、敬礼をした。

「リーのくそ親爺《おやじ》が訪ねてくるとは、いったい何用だ？」と将軍は問うた。

「それは、本日は降伏の日でありますから」

シュルツ伍長の返答に、将軍は不機嫌なうなり声で応じた。

「わが北軍には将官が三百五十名もおるのだぞ」と将軍は言った。「それなのに、リーのくそ親爺は、そんな用件ごときでなぜに選《よ》りに選ってわしのところに来るというのか？　今何時だ？」

「それは閣下が北軍の総大将であらせられるからであります」シュルツ伍長は言った。

「そして現在の時刻は、午前十一時二十五分であります」

「たわけたことを抜かすんじゃない」とグラント将軍は言った。「北軍の総大将といえばリンカンの御大《おんたい》だろうが。そもそも有史以来、昼めしまえに降伏した者などおら

1　フッカー、バーンサイドとも、リンカンの期待に応えられなかった将軍たち。ミードはフッカーの後任に昇進したが、グラントとは意見が合わないことが多かった。
2　一八二二〜八五年。アメリカの南北戦争で、北軍を勝利に導いた軍人。後に第十八代アメリカ合衆国大統領（一八六九〜七七年）。実際に、飲酒癖があり、それを理由に軍隊を一度辞職している。
3　ロバート・E・リー（一八〇七〜七〇年）。アメリカの軍人。南北戦争時の南軍の総司令官。指揮能力のみならず穏和で人当たりのよい人柄で、〝南部の英雄〟とされる。

んぞ。リーのくそ親爺はものを知らんやつだわい。軍隊というのは腹時計で降伏するものだというに」。頭から毛布をひっかぶると、グラント将軍はもうひと寝入りする体勢になった。

「閣下、南部連合軍の将軍がたも、もう間もなくお見えになると思われます。本当に起きていただかないと」

グラント将軍は両腕を頭のうえに伸ばすと、一発大きな欠伸《あくび》を洩《も》らした。

「わかった、わかった」将軍は上半身を起こし、室内を見まわした。「なんだ、この部屋の散らかりようは」と叱責する口調で言った。

「ええ、閣下、昨夜はだいぶお過ごしになられたようでしたから」シュルツ伍長は恐る恐る言った。

「そうだった」グラント将軍は着るものを探して周囲を見まわした。「どこぞの将軍と取っ組み合いを演じたのだった。なんと言ったかな、顎鬚《あごひげ》を生やした将軍だった」

シュルツ伍長は、北軍の最高指揮官の着るもの探しに手を貸した。

「もう片方の靴下がないぞ」グラント将軍に言われて、シュルツ伍長はただちに捜索に着手した。将軍のほうはおぼつかない足取りでよたよたとテーブルに近づき、壜に残っていた酒をグラスに注いだ。

「閣下、御酒《ごしゅ》はお控えになったほうが」シュルツ伍長は言った。

「余計なお世話だ」グラント将軍は二杯めを注《つ》いだ。「呑みたいときにゃ呑む、呑みたくないときにゃ呑まん。わしの勝手だろうが。以前、わしが呑みすぎるとリンカンの御大に告げ口しやがったどあほうがいたんだが、知っとるかね？　『実は某《なにがし》という者の報告によれば、グラント君は酒を呑みすぎるとのことです』とそやつは言ったのさ。すると御大、宣《のたま》いて曰《いわ》く『その某という者は愚か者である』。で、そやつはその某という者にご注進に及び、件《くだん》の某という者は御大のところに怒鳴り込んだ。『閣下は先日、そやつ殿に、小生のことを愚か者であるとおっしゃったそうですね？』。御大はこんなふうに答えた——『いや、言ってないよ。だって、言うまでもないことじゃないか？』」そのときのことを懐かしむ表情になってグラント将軍は笑みを浮かべ、さらにもう一杯グラスを重ねた。そして得々として言った。「そういう間柄なのだよ、御大とわしは」

開け放った窓から馬の蹄《ひづめ》が地を蹴る、くぐもった音が聞こえてきた。シュルツ伍長は慌てて窓辺に近づき、そとをのぞいた。

「蹄の音だな」グラント将軍はそう言うと、調子はずれの妙に甲高《かんだか》い笑い声をあげた。

「リー将軍と幕僚監部の面々であります。お着きであります」シュルツ伍長は言った。

「お通しいたせ」グラント将軍はそこでまたグラスを干した。「ああ、それからうちの参謀本部の連中にも一献取らすによって、めいめいの所望の飲み物を聞いておけ」

シュルツ伍長はきびきびと玄関先まで出向き、ドアを開け、敬礼をすると、先方をなかに通すべく脇に寄った。美々《びび》しい礼装に一分《いちぶ》の隙もなく身をかためたリー将軍は、戸口のところで一瞬、足を止めた。四月のよく晴れた青空を背景に、その威風堂々たる姿は戸枠という額縁を嵌《は》められた、一幅の絵のようだった。リー将軍はほどなくなかに入り、幕僚監部の面々があとに続いた。一同は頭をさげて一礼すると、そのままその場に無言でたたずんだ。グラント将軍はそんな南軍の連中をじろりと睨んだ。長靴は片方しか履いていないし、上着のボタンもとめていない、という恰好で。

「貴殿のことは存じあげておるぞ」グラント将軍は言った。「貴殿はロバート・ブラウニングだな、詩人の」

「こちらはロバート・E・リー将軍ですぞ」リー将軍の幕僚監部のひとりが冷ややか

に言った。

「おや、そうかい」とグラント将軍は言った。「てっきりロバート・ブラウニングだと思ったよ。だって、見てみろ、ほら、そっくりじゃないか、ロバート・ブラウニングに。そういう詩人がいたのだよ、リー将軍閣下、ブラウニングという詩人が。貴殿は読んだことがあるかね、ブラウニングの手になる『吉報はいかにしてゲントよりエクスにもたらされたか』[4]という詩を？……〝立て、デレク、鞍《くら》にまたがれ、立て、デレク。行け、行け、どんどん、さあ、走れ。ドンダー、ブリッツェン、プランサー、ダンサー、バウンサー、ヴィクセンも。赤いお鼻のトナカイさん、サンタの橇《そり》を引っ張って――〟」

「ただちに喫緊《きっきん》の問題に着手してはいかがであろう？」リー将軍はひと言要望を述べると、軽蔑の念を隠そうともしないで、敵将の部屋の無秩序ぶりを見てとった。

「ああ、昨夜、うちの参謀本部の連中がここで取っ組み合いを演じたもんでな」グラント将軍は釈明に努めた。「わしはシャーマン将軍[5]を投げ飛ばしてやったよ。いや、いや、あれはシャーマン大先生じゃなかったかもしれんな。ならば、シャーマン将軍によく似たどこかの誰かだ。どうも暗かったものでな」

そこでグラント将軍は、南部諸州連合の総指揮官の手にスコッチの壜を押しつけた。リー将軍は壜を受けとり、困惑の態《てい》でその場にまたしばしたたずんだ。

「誰ぞ、グラスを持て」グラント将軍は大声で命じると、ロバート・E・リー将軍の片腕と呼ばれた南軍の傑物、ロングストリート将軍[6]を真正面から見据えた。

「きみとは確か、コールド・ハーバーの戦い[7]で相まみえたのではなかったかね?」

ロングストリート将軍は無言で回答を拒んだ。

「当方としては、かなうことならば、能《あた》う限り速やかに本件を片づけてしまいたいのだが」とリー将軍が言った。

---

4 三人の使者が真夜中にゲントを発ち、勝報を伝えるため、馬を乗りつぶしながら遠路南フランスのエクスまで駆け続ける様子を描いた作品。

5 ウィリアム・シャーマン(一八二〇~九一年)。アメリカの軍人。グラント将軍の盟友かつ忠実な部下。

6 ジェイムズ・ロングストリート(一八二一~一九〇四年)。南北戦争時の南軍の将軍。一八六三年のゲティスバーグの戦いの敗将。陸軍士官学校でグラントと親友だった。

7 南北戦争中盤の戦闘(一八六四年五月末から約二週間)。アメリカ史のなかでも流血が多かった悲惨な戦い。

グラント将軍は、とろんとした酔眼でもの問いたげにシュルツ伍長を見やった。シュルツ伍長は眉間に皺を寄せ、グラント将軍のそば近くまで歩み寄った。

「降伏のことであります、閣下。先方は降伏のことを話しあおうとしているのであります」シュルツ伍長は声をひそめて言った。

「ああ、そうだな。そうであった」とグラント将軍は言った。そして、そこでまたグラスを干した。「よろしい、そういうことであれば致し方あるまい」。ゆっくりと、哀しげに、グラント将軍は軍刀の剣帯のバックルをはずし、事の成り行きに唖然としているリー将軍に軍刀を差しだした。「さあ、将軍、受け取りたまえ」グラント将軍は言った。「あと少しだったのに、惜しいことをしたよ。あと少しで、わが方が勝利を収めておったものを。ああ、そうとも、わしがこんな二日酔いで苦しんでなければ、今ごろはまちがいなくわが方が勝利を収めていた。そうとも、そうに決まっとる」

# 一四二号の女

列車が二十分ほど遅れていることは、切符を買ったときからわかっていたので、ぼくらはコーンウォール・ブリッジ駅の小さな待合室に入り、ベンチに腰を降ろした。戸外《そと》の日なたで待つには、暑かったのだ。夏も盛りのこの土曜日は、朝からやけに蒸し暑くて、午後の三時をまわった時点で、その蒸し暑さがぼくらの膝のうえにじっとりと、執念深く坐り込んでしまっていた。

ピッツフィールドからの列車を待っていたのは、シルヴィアとぼく以外にも何人かいた——黒人の女が「デイリー・ニューズ」紙で顔に風を送っていた。三十手前ぐらいの年恰好のご婦人が本を読んでいた。陽灼《ひや》けした痩せっぽちの男が心ここにあらずといった様子で、火のついていないパイプをくわえていた。待合室のまんなかに置かれた嵩《かさ》高い鉄のラジエーターに、小柄な若い娘がひとり寄りかかって、口を半開きにして、こちらをひとりひとりじっと観察している。まるで、人間というものを生まれて初めて見たとでもいうような眼つきで。あたりには田舎の鉄道の駅にはつきものの、あの懐かしいような匂い――木と革と煙の混じりあったような匂いが漂っていた。切符売り場の窓口の奥にはせせこましいスペースがあって、電信機が断続的に乾いた音をたてている。電話が鳴りだすと、駅長が出て手短に応答した。なんといっているのかまでは聞き取れなかった。

こんな日に出かけなくてはならない身にとって、目的地がゲイローズヴィルというこの路線の三つばかり先の駅で、そこまでの時間はほんの二十二分ほど、というのはありがたいことだった。駅長が言うには、ゲイローズヴィル行きの切符を売ったのは、着任以来ぼくらが初めてだったらしい。そのささやかな巡りあわせについて考えるともなく考えていると、遠くで汽笛が鳴った。ぼくらを含めて、待合室の客はいっせいに立ちあがった。そこに窓口の奥の小部屋から駅長が出てきて、あれはみなさんが待っている列車ではなく、十二時四十五分ニューヨーク発の北行きだと告げた。その列車はまもなく、暴風雨のような轟音《ごうおん》をあげて駅に入ってくると、重苦しい溜め息をついて停まった。駅長はプラットホームに出ていき、一分か二分して戻ってきた。列車はまた重苦しい音をたてながら、ケイナンに向かって動きだした。

煙草《たばこ》のパックを開けていたとき、駅長がまた電話で話しているのが聞こえた。今度はしゃべっていることばまではっきりと聞き取れた。ひとつの文句を繰り返しているのだ——「本局より照会のご婦人は、一四二号のリーガン車掌が確認ずみ」と。電話の相手には、その意味するところが伝わらないようだった。駅長は最後にもう一度、その文句を繰り返すと、一方的に電話を切った。実は駅長自身もその意味がわかっていないのではないか、ぼくにはなんだかそんなふうに思えた。

シルヴィアは途方に暮れたような、考え込むような眼をしていた。クリスマス・ツリーの飾りをどの箱にしまい込んだか、一生懸命思い出そうとしているときの眼に似ていた。ほかの待合客たちは、黒人の女も、年若いご婦人も、パイプの男も、表情を変えていなかった。こちらをじろじろ眺めていた小柄な娘は、いつの間にか待合室からいなくなっていた。

列車の到着予定時刻まで、まだ五分ほどあった。ぼくは椅子の背にもたれて一四二号のご婦人について想像をめぐらせた。本局より照会があって、リーガンなる車掌が確認したというご婦人について。シルヴィアのそばににじり寄って尋ねた。「ねえ、時刻表を持ってるだろ？　列車番号も載ってるかどうか、ちょっと見てもらえないかな」シルヴィアはハンドバッグから時刻表を取り出して、ページをめくった。「一四二というのは」とシルヴィアは言った。「十二時四十五分ニューヨーク発の北行きのことよ」。つまり、先ほど通った列車のことだ。「その女の人、きっと車内で具合が悪くなったのよ」とシルヴィアは言った。「お医者さまかおうちの人に迎えに来てもらえるよう、手配してるんだわ」

黒人の女が、こちらにちらりと眼をむけた。年若いご婦人はガムを嚙んでいたが、嚙むのをやめた。パイプの男は気にもとめていないようだった。ぼくは煙草に火をつけて考えをめぐらせた。「一四二号の女は――」しばらくして、ぼくはシルヴィアに言った。「まあ、いろいろな状況が考えられそうだけれど、具合が悪くなったというのはちがうね」。こちらをじろっと睨まなかったのは、パイプの男だけだった。シルヴィアは熱を計るときの眼になった。不安に当惑を掛けあわせて二で割ったような眼のことだ。ちょうどそのとき、列車の汽笛が聞こえてきた。ぼくらを含めて、待合室の客はいっせいに立ちあがった。ぼくは鞄《かばん》をふたつ持ちあげ、シルヴィアはコネル夫妻への手土産代わりに摘んできたサヤエンドウの袋を手にした。

がたんごとんと音をたてて列車が駅に入ってきたとき、ぼくはシルヴィアの耳元に顔を寄せて囁《ささや》いた。「あいつ、ぼくたちのそばに坐るよ。見ててごらん」

「あいつって？　あいつって誰のこと？」とシルヴィアは言った。「ほら、あのパイプをくわえてるやつ」

「見ず知らずの他人だよ」とぼくは言った。

シルヴィアは笑い声をあげた。「あら、見ず知らずの他人なんかじゃないわ。あの人、ブリードさんの家《とこ》で働いてる人よ」

いや、ちがう、そうではない。ぼくにはちゃんとわかった。だが、女というやつは、人を見るとすぐに、どこの誰だと言いたがる。見ず知らずの他人を見ても、決まって誰かしらのことを思い出すのである。

ぼくらが座席におさまったとき、パイプの男は通路の向こう側の、三つまえの席に坐っていた。ぼくは頭のひと振りでその事実をシルヴィアに伝えた。シルヴィアは旅行鞄のいちばんうえから本を取り出すと、その本を開いて「あなた、いったいどうしたっていうの？」と問いただしてきた。答えるまえに、ぼくは周囲を見まわした。通路を挟んで隣の席に、眠そうな様子の男女が坐っている。すぐまえの席には中年の女の二人組が坐っていて、そのどちらかが経験した憩室炎《けいしつえん》による強烈な、腸を絞られるような痛みについて、さかんに語りあっていた。ぼくらのすぐうしろの席には、眼が黒くてほっそりとした身体つきの若い女が坐っていた。その女には連れはなかった。

「どうしてなんだろうね」ぼくは切り出した。「女ってのは、なんでもかんでも病気を理由にしたがる。そういうのは問題だよ。ぼくに言わせりゃ、もし、ジェファスン大統領の細君が、亭主は熱があるんじゃないか、なんてことを思いついて寝かしつけたりなんかしなけりゃ、ぼくらは毎年七月四日じゃなくて、五月の十二日に独立記念日を祝ってたかもしれないよ。いや、ひょっとすると、四月の十六日だったかもしれない」

シルヴィアは本の、読みかけていたページを見つけた。「はい、はい、そのお話は以前《まえ》にも拝聴いたしました」と彼女は言った。「でも、一四二号の女の人が具合が悪くなったんじゃ、どうしていけないの?」

そんなのは簡単なことだ、とぼくはシルヴィアに言った。「リーガンって車掌はコーンウォール・ブリッジの駅で列車を降りて駅長に報告したんだよ。『本局より照会のあった女は、自分が確認しました』って」

シルヴィアが口を挟んできた。「あら、〝ご婦人〟って言ったのよ」

ぼくはそこで、シルヴィアからいつも、いやな笑い方だと指摘されている含み笑いを洩《も》らしてやった。「そりゃ、そうだよ。車掌ってのは職業柄、〝ご婦人〟って言うものなんだよ」ぼくはそう説明した。「それにだよ、もし女の人が列車のなかで具合が悪くなったんなら、そのリーガンって車掌はなんて言うと思う？『この列車内で女性の乗客がひとり、具合が悪くなりました。本局に連絡してください』――だろう、普通は？　だから、ちがうね。やっぱりリーガンって車掌が、手配中の女を発見したんだよ、ケントとコーンウォール・ブリッジのあいだのどこかで」

シルヴィアは本を開いたまま、顔をあげて言った。「その女の人、列車に乗るまえから具合が悪かったのかもしれないわ。だから鉄道会社が心配してたんじゃない？」

シルヴィアはこの問題に細心の注意を払っていないのだ。

「乗ったことが最初からわかってるんなら――」ぼくは噛んで含めるように言った。「見つけたら報《しら》せるようになんて車掌に指示したりしないだろう？　その女が列車に乗るときに、逆に前もって車掌に報せるはずだよ。具合のよくない女性客が乗ってるので、よろしくって」。シルヴィアは本を読みはじめていた。

「ねえ、もうよしましょうよ、その話」と彼女は言った。「あたしたちには関係ないことだもの」

ぼくはチューインガム《チクレッツ》を捜した。持ってきたはずなのに、見つからなかった。「われわれみんなに関係したことかもしれない」とぼくは言った。「この国を愛する、ひとりひとりに」

「いいでしょう、よくわかりました」とシルヴィアは言った。「あなたはその女の人がスパイだと思ってるんでしょう？　でもね、あたしはやっぱり、ただ単に具合が悪くなっただけだと思ってますから」

そんな言い種《ぐさ》は無視してやった。「この路線の車掌はひとり残らず指示されてるんだよ、その女を捜しだせって」とぼくは言った。「で、リーガンって車掌が発見したのさ。女を出迎えに来てるのは家族じゃないよ。連邦捜査局《FBI》だよ」

「でなければ、物価管理局《OPA》とか？」シルヴィアは言った。「そういうアルフレッド・ヒッチコック好みの事件は起こりませんよ、このニューヨーク‐ニューヘイヴン‐ハートフォード線では」

ぼくらの乗っている客車の向こうの端から、車掌がこちらに歩いてくるのが見えた。

「あいつに教えてやろう」とぼくは言った。「一四二号に乗務しているリーガン車掌が、例の女を発見したぞって」

「やめてよ、そんなこと」とシルヴィアは言った。「関わり合いになりたくないもの。それに、あの人、きっともう知ってるわよ」

ぼくらの列車の車掌は、背が低くてずんぐりとした、白髪交じりの男で、黙ってぼくらの切符を受けとった。ハロルド・イキス[1]をさらに温和にしたような雰囲気がなくもなかった。シルヴィアははらはらしていたようだが、ぼくが一四二号の女のことをひと言も口にしないうちに車掌が離れていったので、ほっとした様子で肩の力を抜いた。「あの車掌さん、《マルタの鷹》の隠し場所を知っていそうな顔をしてたじゃない?」シルヴィアはそう言うと、ぼくがいつも、いやな笑い方だと指摘している含み笑いを洩らした。

「やっぱりおかしいよ」ぼくは言った。「きみはたった今、あの車掌は一四二号の女

1 一八七四～一九五二年。アメリカの政治家。フランクリン・ルーズヴェルト大統領の内務長官を務めた。

のことを知ってるはずだと言ったじゃないか。ただ単に具合が悪くなっただけなら、どうしてこの列車の車掌にまで報せる必要があるんだい？　ぼくとしては、このままでは安心できないね。女がまちがいなく当局の手に落ちたことがはっきりするまでは」

シルヴィアは聞こえないふりをして、読みかけの本に視線を戻した。ぼくは座席の背もたれに頭を預け、眼をつむった。

列車が騒々しい音をたてながら速度を落とし、乗務員が声を張りあげて「ケント！ケントに停まります」と叫びはじめたとき、ぼくは何やらひんやりとしたものにそっと肩を押さえられた。「あの、すみません」うしろの席から女の声がした。「そちらの席のしたに雑誌を落としてしまったので。『コロネット』という雑誌なんですけど」女はそう言うと、こちらに身を寄せてきたが、そこから急に声を落として厳しい口調になった。「ここで降りて」

「いや、ぼくらはゲイローズヴィルまで行くんですよ」とぼくは言った。

「いいえ、ここで降りるんです。あなたも、あなたの奥さんも」

ぼくは網棚にあげてあったスーツケースに手を伸ばした。「ちょっと、あなた、なんなの？　何かほしいものでもあるの？」とシルヴィアが訊いてきた。

「ここで降りるんだとさ」ぼくはシルヴィアに言った。

「あなた、ほんとにどうかしちゃったんじゃなくて？」とシルヴィアは言った。「だって、まだケントよ」

「いいから、降りるんです、あなたも」うしろの席の女の声がした。「あなたはその旅行鞄とサヤエンドウの袋を持って。ご主人は、そう、その大きなほうの荷物をお持ちなさい」

シルヴィアは激怒した。「ほら、ごらんなさい。だから言わないこっちゃない」とぼくに向かって言った。「あんな大きな声を張りあげて、スパイだのなんだのって話をするからよ」

そんなことを言われれば、言われたほうも腹が立つ。「きみじゃないか、スパイなんてことを言い出したのは」とぼくは言い返した。「ぼくじゃないぞ」

「でも、いつまでもそのことを話題にしてたじゃないの。いつまでも、しつこく」シルヴィアは食いさがってきた。

「さあ、ぐずぐずしないで。降りるのよ、ふたりとも」冷ややかな声がした。容赦のない口調だった。

ぼくらは列車を降りた。ステップを降りるシルヴィアに手を貸してやりながら、ぼくは言った。「知りすぎてしまったんだな、ぼくらは」

「もうっ。いいから、黙っててちょうだい」とシルヴィアは言った。

歩かされたのは、大した距離ではなかった。ほんの数歩先に、大きな黒塗りのリムジンが待っていたのである。運転席には見るからに屈強そうな身体つきの、ひと目で外国人とわかる男が坐っていた。薄情そうな唇に小さな眼をした男だった。ぼくらを見ると、その男はたちまち渋い顔になった。「だめ、人連れてくの、ボス、歓《よろこ》ばない」

「いいのよ、カルル、大丈夫だから」と女は答え、ぼくらに向かって「さあ、乗って」と命じた。ぼくらは後部座席に乗り込んだ。ぼくとシルヴィアのあいだに女が坐った。見ると、銃を握っていた。宝石を嵌《は》め込んだ、洒落《しゃれ》た拵《こしら》えのデリンジャーだった。

「アリスが迎えに来てるはずよ」シルヴィアが言った。「この暑さのなか、ゲイローズヴィルの駅であたしたちを待ってるわよ」

車が向かった先は、ポプラ並木のドライヴウェイの突き当たりに建つ、横拡がりの平べったい建物だった。「荷物はそのままで」と女が言った。シルヴィアはサヤエンドウの袋と読みかけの本を持ち、ぼくらは車を降りた。二頭のばかでかいマスチフ犬がテラスから駆け降りてきてうなった。

「おさがり、マータ！」女は言った。「あんたもよ、ペドロ！」猛犬どもはまだうなりながら、それでも命じられたとおり、しおしおと引きさがった。

シルヴィアとぼくは、立派な家具を配した広い居間のソファに、並んで腰を降ろした。向かいあわせに置かれた椅子には、背が高く、腫《は》れぼったい瞼《まぶた》に細くてしなやかな指をした男が、くつろいだ恰好で坐っていた。ぼくらがさきほど入ってきたドアには、小柄で痩せた若者が寄りかかり、両手をコートのポケットに突っ込み、ゆるくくわえた煙草を下唇から垂らしていた。血色が悪く、頬のこけた若者で、小さな眼を半眼にして、瞼の隙間からぼくらを無関心に、ただじっと見つめている。部屋の片隅では、褐色の肌をした体格のいい男が、ラジオのまえにしゃがみこんで、やたら忙《せわ》しなくあちこちのつまみをまわしてみていた。ぼくらをここまで連れてきた女は、長いホルダーで煙草をくゆらせながら、そこいらへんを行きつ戻りつしていた。

「さて、ゲイル」椅子に坐っていた男が、穏やかな口調で女に言った。「いったいどういう風の吹ぎまわしだね、こうしてよぎせぬぎゃく人をお連れしたのは？」

ゲイルと呼ばれた女は足を止めようとしなかった。なおもしばらく行きつ戻りつしてから、ようやく口を開いた。「サンドラが捕まったのよ」

椅子に腰かけた男は顔色ひとつ変えなかった。「つがまった、たれに？」と、これまた穏やかな口調で尋ねた。

「リーガンよ、一四二号に乗務してたの」女は言った。

褐色の肌をした体格のいい男が、すばやく立ちあがった。「だから、エジプト、いつも言ってる。リーガンはだめ、殺すよろし！」男は叫ぶように言った。「そう、エジプト、いつも言ってる。リーガンぱらすよろし！」

椅子に坐った男は、そちらには眼もくれず、落ち着いた声で言った。「ずわりなさい、エジプト」褐色の肌をした男は腰を降ろした。ゲイルと呼ばれた女は話を続けた。

「そのうちに、そこのとんちきがぺらぺらしゃべりだしたのよ。こいつ、感づいたんだわ」

ぼくはドアに寄りかかった若者のほうを見た。

「あなたのことよ」シルヴィアはそう言うと、声をあげて笑った。

「女のほうは鈍《にぶ》ちんだから」と女は続けて言った。「列車のなかで具合の悪くなった人が出たと思ったみたいだけど」

今度はぼくが声をあげて笑う番だった。「きみのことだよ」とシルヴィアに言ってやった。

「でも、そこのとんちきが列車じゅうに聞こえそうな声でわめきたてるもんだから」女は言った。「それで、連れてきたのよ、仕方なく」

サヤエンドウの袋を膝に載せていたシルヴィアは、莢《さや》の筋を取りはじめた。

「いや、いや、いや、おぐさん」椅子に腰かけた男が言った。「おぐさんは、まさに、じゅぷのがかみですな」

「なんだ、バカミってのは？」エジプトと呼ばれた男が語気鋭く尋ねてきた。

「鑑だよ、か・が・み」ぼくは教えてやった。

ゲイルは椅子に腰を降ろした。「で、こいつらの処分は？」と彼女は尋ねた。

「フレディ、だのむよ」椅子に坐った男が言った。

エジプトはまたしても跳ねるようにして立ちあがった。「だめ、だめ、ぜったいだめ！」と叫びながら。「こいつ、こんちき。このこんちき、もう六人、うんにゃ、七人、ぱらしてる！　みんな、このこんちき、やったあるよ」

椅子に坐った男がそちらに眼を向けた。エジプトは蒼ざめ、黙ってまた腰を降ろした。

「とんちきって、あなたのことかと思ったわ」とシルヴィアが言った。ぼくは冷ややかに見返してやった。

「わかったよ、あんたをどこで見たのか」ぼくは椅子に坐った男に向かって言った。「ザグレブだよ、一九二七年に。ビル・ティルデン[2]に六－〇、六－〇、六－〇のストレートで負けただろう？」

男の眼がきらりと光った。「ごの男は、やっぱりわだしが自分でがたをつけよう」

フレディと呼ばれた若者は、もたれていたドアから離れて、男の坐っている椅子に近づき、男にオートマティックを手渡した。その瞬間、それまでフレディの寄りかかっていたドアがいきなり開いて、同じ列車に乗り込んだあのパイプの男が大声でわめきながら飛び込んできた――「ゲイル、ゲイル、ゲイル……」

「ゲイローズヴィル！　ゲイローズヴィル！」乗務員が叫んでいた。シルヴィアがぼくの腕をつかんで揺さぶっていた。「ちょっと、うなるのはやめて」とシルヴィアは言った。「ほら、みんな、こっちを見てるじゃないの」

ぼくはハンカチで額を拭《ぬぐ》った。

「ほら、ぐずぐずしないで。この駅は停車時間が短いんですからね」

ぼくは網棚の荷物を引きずり下ろし、ぼくらは列車を降りた。

「サヤエンドウは持ったかい？」ぼくはシルヴィアに訊いた。

駅には、アリス・コネルが迎えにきていた。コネル家に向かう車のなかで、シルヴィアは一四二号の女のことをしゃべりだした。ぼくはひと言も口を挟まなかった。

「この人ったら、その女の人のことをスパイだと思ってたのよ」シルヴィアは言った。

女たちはふたりして声をあげて笑った。「きっと列車のなかで具合が悪くなった人が出たのよ」とアリスは言った。「お医者さまに連絡して、駅で待機していてくれる

2　一八九三〜一九五三年。アメリカのテニス選手。

ように手配したんじゃないかしら」

「そうよね、あたしもそう言ったの」シルヴィアはうなずいた。

ぼくは煙草に火をつけると、断固として言った。「一四二号の女は、列車のなかで具合が悪くなったわけじゃないよ、ぜったいに」

「あら、あら」とシルヴィアは言った。「また始まったわ」

そういうぼくが実はいちばん……

周りの人のことをこんなふうに、しょうがないなぁと冷静に観察してきたサーバー。彼自身は、どんなにまっとうな〝ふつうの人〟かと思いきや……

# 伊達の薄着じゃないんだよ

十一月に入り、寒い日が続くようになったとき、ぼくは友人や同僚諸君から、辛辣《しんらつ》で、いささか意地の悪い批判を浴びることになった。空っ風の吹きすさぶ市《まち》の通りを、ぼくが帽子もかぶらず、コートも着ないでほっつき歩いていることが槍玉《やりだま》に挙がったのだ。通りすがりの見も知らない相手が、追い抜きざまに「コートを着て帽子をかぶれ!」と一喝してきたこともある。どうやら、ぼくの恰好は他人《ひと》を大いに戸惑わせるらしい。

友人や同僚諸君はじきに、小声でひそひそと、ときには面と向かってずばりと、きみはただ人目を惹《ひ》きたいがために他人とちがった妙な恰好をしているだけだろう、と言うようになった。そうした非難は、ぼくが床屋に行くのをついうっかり忘れることが続いて、頭髪がそれ相応に伸びるに及んで、辛辣の度を増した。友人たちに言わせると、ぼくが見るからに寒そうなみじめったらしい恰好で街中をうろついているのは、それを見た人が連れの脇腹を肘で小突いて「あれ、ジェイコブ・サーマンだよ。ほら、あの変わり者の物書きの」と言うのを期待しているからにほかならない、というのである。

しかしながら、それは根拠のない言いがかり以外の何ものでもなかったし、今もって言いがかり以外の何ものかになる気配すらない。ぼくがコートを着ないのには――正確に言えば、着ることができないのには、理由がある。歴とした、しかるべき理由が。帽子についてもコートの場合と同様、それ相応の理由があるのだが、ここではそれについて詳述する必要はないと思う。

ともかくも、今をさかのぼること、一週間ほどまえ、同僚連中の嘲笑《ちょうしょう》混じりの毒舌と意地の悪い当てこすりに耐えかねて、ぼくはやむなくコートを着ることにした(帽子は見つからなかったが、この機に新調しようという気にはなれなかった。帽子店で試着をして店先の三面鏡をのぞくと、自分の顔を見慣れない角度から見ることになって、その顔が体調を崩しかけた、どこぞの植物学の教授が途方に暮れているようにしか見えないからだ)。コートのほうは、一九三〇年に、ぼくよりも背が高くて口の達者な店員としばしの口論の末、結局は根負けして買うはめになったものだが、これがまた買ったときから身体にあわず、いまだにあったためしがないという代物で、それがコートを着たくない理由のひとつにもなっている。もうひとつの理由は、そのコートにはボタンがついていないので（買った一週間後には、ボタンはひとつ残らずなくなっていたので）、向かい風のときに着ていると、とんでもなく難儀をするということである。向かい風に見舞われたときには、両手で帽子を押さえるものだから、コートのまえをあわせていた手を離さざるを得なくなり、そうなるとコートは風をはらんで身体のまわりに、ぶわーっと拡がってしまうのである。

あるときなど帽子を押さえようとして（でも、ほんの一瞬遅くて結局は押さえそこない）、眼鏡を跳ねとばし、おまけに珍妙なコートの渦巻きに取り込まれて、あろうことか、マンハッタンの五番街四十四丁目の交差点のどまんなかで何も見えない状態に陥ったことがある。足を止めてぼくの奮闘ぶりを見物する人は何人かいたけれど、手を貸してくれるわけでもなく、誰もが笑うだけ笑ったあたりで、女の人がぼくの眼鏡を拾って手渡してくれた。「はい、眼鏡」その人は今にも笑い転げそうな口調でそう言うと、ぼくにむかって、にまっと口元をほころばせた。騎馬警官の馬が婦人用の陽除《ひよ》け帽をかぶっているところを見た、とでもいうように。ぼくは受けとった眼鏡をかけ、コートのまえをかきあわせると、ありったけの威厳を寄せあつめて歩きだした。押さえそこなった帽子がくるくるまわりながら通りを転がっていって、車に踏みつぶされそうになっているのを横目で見ながら。

十一月二十日、ぼくはついに観念してこの冬初めて、コートを着ることにした。ぼくのコートは厚手のずしりと重い灰色のやつで、見たところ犬の寝床に似ていなくもない。襟の内側についている、フックにひっかけるためのテープみたいなやつが取れてしまったので、ほぼ一年近く、クロゼットの床に放置されていたせいだ。そいつを抱えてホテルの部屋を出て階下のロビーに降り、戸外《そと》に出る直前、回転ドアの手前で意を決して着ることにした。ところが、片方の袖に腕を通したとたん、いきなりうしろから抱え込まれ、コートの裾から一本の手がにゅっと滑りこんできて、ぼくのジャケットを勢いよくしたに引っ張った。ぼくは咽喉首を絞められ、息が詰まり、のけぞり、うしろに倒れて……気がつくと、ホテルのドアマンの腕に抱きとめられていた。ドアマンはぼくがコートを着ようとしているのを見て、手を貸そうとしたらしい。この男は屈強な体軀《たいく》の持ち主で、滞在客へのちょっとした気遣いやサーヴィスを断られることはおろか、邪魔されることさえ個人的な侮辱と受けとるのである。厳密に言えば、ぼくはこの男に投げ飛ばされたわけではない。だが、かなり激しく振りまわされたことは事実である。

動揺し、不安定な精神状態のまま、ぼくはホテルを出て行きつけの理髪店に立ち寄った。店に入るまえにコートのポケットに手を突っ込み、煙草《たばこ》とマッチを取りだそうとしたとき、いきなり背後からコートを剝《は》ぎ取られた。技巧もへったくれもなく、それでも抗《あらが》いようのない強引さで事に及んだ犯人は、《ジョーの理髪店》の店先を根城に使い走りと靴磨きをしている黒人の男で、こいつはジョーの店にやってくる客の背後から忍び寄ってはコートを剝ぎ取る役目を一手に引き受けている。ホテルのドアマンのように筋骨隆々というわけではないが、腕っぷしは強くて健康状態も申し分ない。かてて加えて当人はコートを着ていないので、コートを着ているほうとしては、いざ取っ組み合いとなると、はなはだしく不利な立場に立たされることになるわけだ。おまけに、この靴磨きの男も、いわゆる〝ジャケット引っ張り派〟だった。コートを着せかけると同時に、裾から手を突っ込んでしたに着ているジャケットを荒々しく引っ張るので、せっかくあるべき位置に収まっていたジャケットの襟がうしろにずりさがって、やられたほうは無様《ぶざま》で、体裁の悪い思いをさせられることになる。しかも、そのような蛮行に対して、こちらとしてはチップとして十セント硬貨をくれてやらなければならないのである。

とはいえ、その時点ではまだ、コートの左袖の裏地が破れていることで味わわされる、あのなんとも恥ずかしい事態には遭遇せずにすんでいた。そう、その晩、人品骨柄《じんぴんこつがら》卑しからぬ友人知人と、いわゆる高級レストランに出かけるまでは。食事をすませたあと、同行の紳士諸君がコートを着込むのに、店の給仕が手を貸した。そういう店にはつきものの、細身で、無口で、美術評論家の冷ややかな眼差《まなざ》しを持った給仕だった。その給仕が、ぼくの右腕をコートの右袖になんの支障もなく、実にすんなりと通してのけたものだから、続いてぼくもついつい左腕を左袖にするりと差し入れたわけだ。知人も見知らぬ連中もひっくるめて、衆人環視の的となり、手を貸す給仕の眼が次第に冷ややかさの度合いを増すなか、コートの裏地の破れ目に手を突っ込んでしまうというのは、アメリカ男児にとって、覚えがあるなかでも一、二を争うほど屈辱的な経験だ。やっとの思いで手を抜き、しかるべく袖に腕を通すことはできたものの、今度はそこでチップ用の小銭を切らしていたことに気づいた。そんなときに限って、十セント硬貨一枚、見つからなかった。この件については、これ以上は語りたくない。

レストランを出たあと、劇場に向かったのだが、劇場でもまたコートを着たくなくなるような――いや、この先もう二度と着るまいと思うにいたった理由が、その恐るべき鎌首をもたげた。コートを脱いで携帯品一時預かり所の無愛想な受付係に手渡したとき、ぼくはコートと一緒にタキシードのジャケットまで脱いでしまったものだから、着飾った連中で混みあったロビーのまんまんなかで、ひとりシャツ姿で、おまけにヴェストの袖ぐりからズボン吊りの一部を公衆の面前にさらしたまま、立ち尽くすことになった。携帯品一時預かり所の受付係はおそろしくてきぱきと職務をこなす連中なので、ぼくのコートとジャケットはあっという間にクロークの奥に運ばれ、吊るされてしまい、ぼくがどうにかしようとしたときには、そこにさらに二着ほどよその人のコートが重ねて吊るされていた。タキシードを取り戻すまでの八秒間……いや、十秒間は、我が人生における最悪の時間だった。今、思い返してみても、あのとき以上にいやな思いをしたのは、列車に乗り遅れそうでグランド・セントラル駅へと急いでいたときに、マディソン・アヴェニューの路面電車の軌道上でスーツケースがぱっくりと口を開けてしまったときだけだ。

ぼくとしては、タキシードのジャケットの件は平然と受け流そうとしたのだが、当人の思惑ほどはうまくいかず、いつのまにか頰を火照《ほて》らせ、強ばった口元を懸命にほころばせて締まりのない薄ら笑いを浮かべていた。都会慣れした本物の通人なら、いつのまにかそんな顔をしていたりすることは、まずありえない。仕方なく一服しようとしたが、煙草はコートのポケットに入れたままだったことに気づいた。伸ばした手の遣り場に困ったので——なにしろ、まわりの連中はまだ、底意地の悪い眼でこちらをじろじろと見ていたものだから——ぴしっと折りたたんで胸ポケットに挿してあったハンカチを、ぼくなりに精いっぱい優雅な仕種で引っ張りだし、ひと振りしたのだが、なんとそれは、洗濯したての白い絹の靴下だった。

そういえば、前回、晩餐会に出席するのに身支度をしていたとき、アイロンのかかったハンカチが一枚もなくて、苦心惨憺《くしんさんたん》したあげく、その靴下をたたんで、いかにもハンカチらしく見えるようにジャケットの胸ポケットにねじ込んだのだった。もち

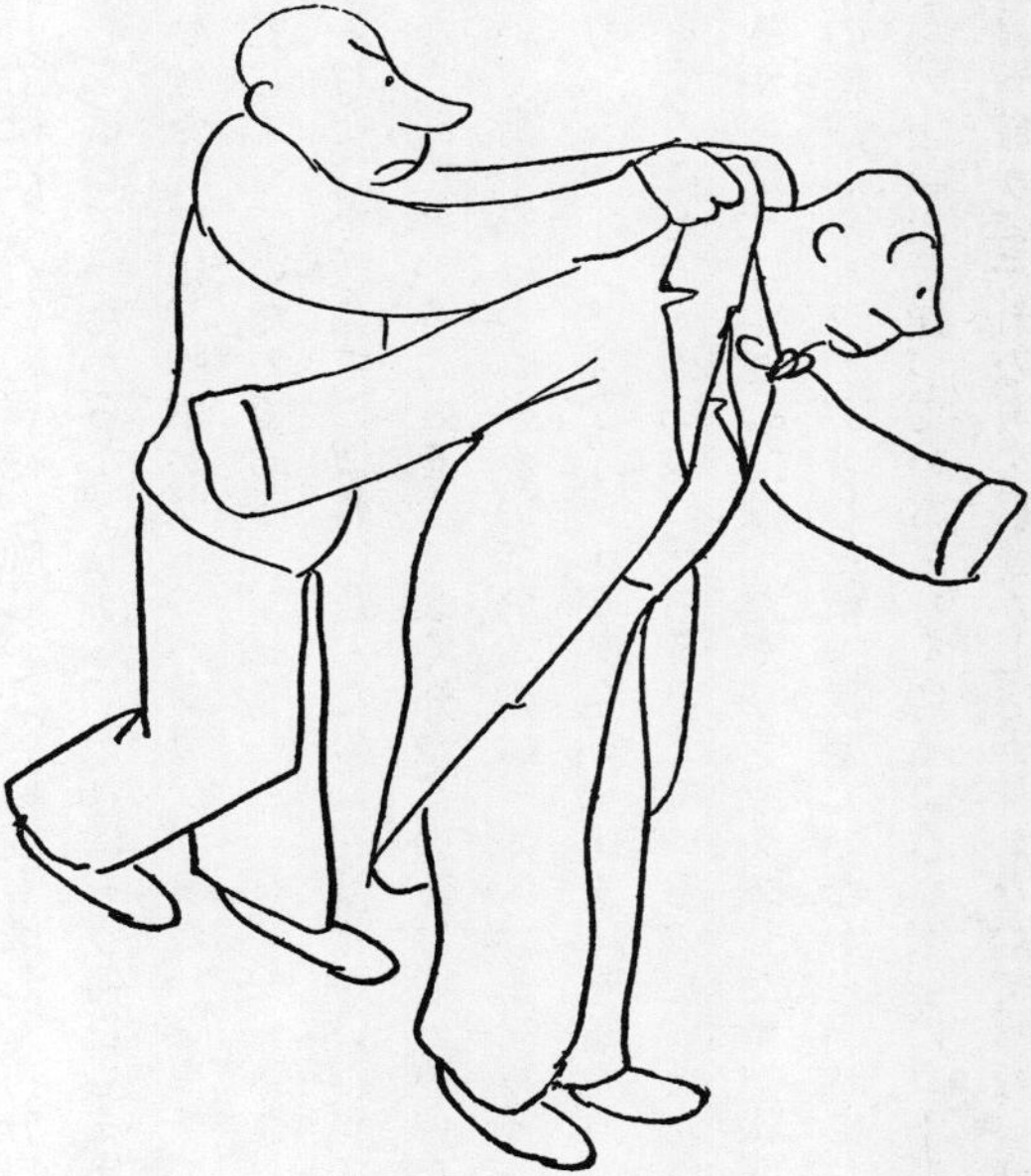

ろん、晩餐会の折にはうっかり胸ポケットのハンカチを取りだしたりはしなかった。決して取り出してはならないと、ひと晩じゅう、何度も厳しく自分自身に言い聞かせて、用心に用心を重ねていたからだ。しかし、それはもう何日もまえのことだったから、劇場に出かけた晩には、胸ポケットのハンカチが実はハンカチではないことなど、すっかり忘れてしまっていたのである。

こんな恥さらしな話を敢《あ》えてご披露に及んだのは、ぼくがいたっておとなしく、いたって控えめな人間だということをよくよく知っているはずの連中までもが、ぼくがコートを着ないで街中をほっつき歩いているのは、オスカー・ワイルド[1]が向日葵《ひまわり》の花を襟に挿したり、ショーン・オケイシー[2]が茶色いセーターを着たりしていたのと同様、そういう恰好をすることで人の印象に残ろうとしているのだ、と本気で思いはじめた節がうかがえるからだ。ぼくとしては、ただリラックスした精神状態でいたいだけなのだが、長年の経験からリラックスした精神状態でいながら同時にコートを着ていることは、できない相談だと知っている。身を切るような寒空にコートを着ないで歩きまわることには、確かにそれなりの恥ずかしさが伴わないでもないが、それでも、通りを歩いているときに心優しい老婦人が近づいてきてぼくに十セント硬貨を恵んでくれようとすることぐらいは、コートを着たときに――というよりも、着ようとしたときに経験する、あの身の毛のよだつようなもろもろの思いに比べれば、どうということはない、と言っておこう。

1　一八五四〜一九〇〇年。イギリスの作家。アイルランド出身。奇矯な行動をとったことでも有名。
2　一八八〇〜一九六四年。アイルランドの劇作家。いつも茶色のタートルネックのセーターを着ていた。

# 第三九〇二〇九〇号の復讐

「われわれは皆、閉じ込められている」——これは確か、今は亡きハート・クレイン[1]が文学者の集まりの席上で口にしたことばだったと記憶している。このことばを聞いたとたん、同席していた数名の、どちらかと言えば情緒不安の傾向にある女流作家たちは、会場となっている建物が火事にでもなったかと勘違いしたようで、戸口に殺到した。対して、男の作家連中はその場にとどまり、重々しくうなずくことで、遺憾ながらそのとおりだとの意を表明した。ハート・クレインの言わんとするところが、彼らには理解できたのである——われわれは自意識に閉じ込められ、死すべき運命《さだめ》に閉じ込められ、当人に言わせれば人間としての豊かな中身に、とてもじゃないが、釣り合っているとは言いがたい見るも哀れな生物学上の肉体に閉じ込められ、人間の精神がもたらす数々の情けない限界の内側に閉じ込められている。また、なかには（実はわたしとしては、そちらに話を持っていこうとして、こうしてせっせとことばを紡いでいるのだが）大きな牢獄のなかの小さな牢獄の虜囚となっている者もいる。たとえるなら、シンシン刑務所内のネズミ捕りに捕らえられたネズミのようなものだ。

このタイプの悩める者は、九百七十六ページもある大部の小説や自叙伝を手がけるよりも、短くて小心翼々《しょうしんよくよく》としたエッセイでも書いているほうがよろしい。そういう人間は概して、牢獄全体の問題よりも、己が閉じ込められている独房のちまちまとした不備に神経を磨《す》りへらす傾向にある。ほかの連中が二本の足でしっかりと立ち、抗議の声をあげているときに、ベッドにもぐり込んだまま不平不満をただ垂れているのである。こうした意志の弱さ、人生の些細な煩《わずら》いに対する拘泥《こうでい》と執着を持ち合わせているがゆえに、取るに足りない抑圧や迫害に遭ったぐらいで唯々諾々《いいだくだく》と屈し、今や全世界の心正しき囚われ人たちがこぞって関心を寄せている、あの〝より大きな自由〟のための戦いに自分も参戦しなくてはならないことを、何日も忘れてしまうというていたらくだ。

1 一八九九〜一九三二年。アメリカの詩人。造語・口語などを用いた実験的な作品が多い。

わたし個人について言うなら、この悪《あ》しき地球にはびこる苛烈な弾圧や不正には身を挺して、勇猛果敢に抗するにやぶさかでないのだが、さしあたって憂慮すべき対象として挙げられるのは、わたし自身が第三九〇二〇九〇号として抱え込んでしまった諸問題ぐらいしか思いつかない。

コネチカット州当局は、かねてよりわたしにとんでもない罠をしかけているのだが、わたしは何年にもわたって、賢い狐のようにその罠を回避してきた。ところが、今年、レイクヴィルで気持ちのいい正午《ひる》下がりのひと時を過ごしていたとき、わたしとしたことが、その罠に足を取られてしまったのである。

コネチカット州においてわたしは、自動車運転者としては第三九〇二〇九〇号として認識されている。コネチカット州当局がわたしのことを考えるときに思い浮かべるのは、自動車運転者第三九〇二〇九〇号としてのわたしだ。わたしたちの関係は、つい最近までは、数字上のものではあったが、それなりに円満だった。だが、今となってはもう、わたしのほうにはよりを戻すつもりはない。まあ、たまになら、古びた宿屋の居心地のいい食堂で昼食を共にするぐらいのことは、してやってもいいかとは思わなくもないけれど。先方の名誉のためにひとつ言っておくと、コネチカットというのは、その手の、いい具合に古びた居心地のいい宿屋の宝庫とも呼ぶべき土地なのだ。

いや、それはそれとして、話をもとに戻さないと――そう、コネチカットとわたしとのあいだに生じた、ある問題について。毎年、三月一日に日付が変わるまでに、わたしは自家用車の車輛登録の更新申請書を提出することになっている。ひとつ嘘偽りなく言えるのは、わたしがコネチカットに待ちぼうけを食わせたことは、いまだかつて、ただの一度もないということだ。先方は毎年、定められた期限よりもずっと早くに、所定の七ドルをわたしから受け取っている。わたしの性格としては、車輛登録の更新申請書を送付するときに、併せて運転免許証の更新申請書と更新手続きに必要な三ドルを同封したいところで、そうできることを熱烈に希望している。

ところが、駄目なのだ。これが許されない行為なのだ。運転免許証の更新申請書を三月二十日以前に送付することは認められていないのである。三月二十日とは、これまた実になんとも恣意《しい》的で、一方的で、覚えにくいということにおいては、八月十七日や二月十一日となんら変わりはない。この会計上の不調法について、コネチカット州当局にどんな言い分があるのかは知らない。わかっていることはただひとつ、わたしにとってそれは罠だということである。

そこで、腹癒《はらい》せに、車を運転する者の仮想敵として、ひとりの男の姿を思い描いてみた――そいつはおそらく肥満体で、髪の毛が心細くなりかけていて、八角形の眼鏡をかけている。たとえるなら、官僚界のゲッベルス[2]、規律を重んじることにおいてはゲーリング[3]といったところだろう。州都ハートフォードの事務所の椅子に背筋をしゃんと伸ばして坐り、毎年、年度はじめに秘書に向かってこう言っているにちがいない。

「なあ、きみ、今年こそはあの第三九〇二〇九〇号を、まんまと罠にかけてやろうじゃないか。あいつはまずナンバープレートと車輛登録証を手に入れて、半年ごとの強制車体検査に合格してもう何枚かの書類を手に入れる――そのうちの一枚は、ほら、あれだ、あの車のフロントガラスにぺたりと貼りつけるやつさ。それで三月二十日になるころには、もう車を運転するのに必要な書類は全部揃ったような気になって、あの黄色い申請用紙を送って運転免許証の更新をすることはすっぺらぽんと忘れちまう。なんせ、あの黄色い紙切れは縦六センチの横十センチという、書類としては極小の、カード・サイズだし、あの第三九〇二〇九〇号はこと手札《カード》と名のつくものに関する限り、出すときにミスをすることで有名な男だからな。以前に一度、提出期限よりもうんと早く送ってきたことがあった。そのときは、むろん、ただちに突っ返してやったよ。それでその年は、今度こそあの野郎を罠にかけてやれると思ったのさ。改めて期限内に送りなおすのなんて、忘れちまうにちがいないって――なんといっても、ほら、一度送ってるわけだから、無意識にもう送ったはずだと思い込むんじゃないかって。ところが、あの野郎はわれわれの裏をかきやがったのさ。

だが、今年はきっと忘れるよ。あれこれ心配事を抱えているそうだから。それに、新聞の『更新お忘れなく』の警告も見ないだろう。なんせ、このところ視力がめっきり衰えてきてて、読めるのは大判多色刷りのお子さま向けの本だけだって話だからな。そう、そうなんだよ、きみ。今年こそチャンスなんだ。あの第三九〇二〇九〇号には一度、ぴしゃりとビンタを見舞ってやりたいと思ってたんだ。あの野郎、自惚《うぬぼ》れてやがるから。十年も捕まってないのは、自分が賢いからだと思ってやがるのさ。だが、今年はそうは問屋が卸さない。今年こそふん捕まえてやる」。斯《か》くして、わたしはふ

2　P・ヨーゼフ・ゲッベルス（一八九七～一九四五年）。ナチスドイツ時代の啓蒙・宣伝大臣。〝プロパガンダの鬼〟と言われた。

3　ヘルマン・W・ゲーリング（一八九三～一九四六年）。一時期はヒトラーの後継者に指名されたナチス幹部。ゲシュタポを組織し、空軍の再建と軍備拡張を強力に推進。国家元帥となる。

ん捕まった。

わたしを罠にかけた州警察の警察官との白熱した議論を、ここで詳述しても仕方ない。読者諸氏もおそらく暗記してしまっているようなやりとりだったと言うにとどめる。家内いわく、そいつはとびきりハンサムなお巡りさんだったということだが、わたしが覚えているのは、背が高く、融通がきかず、やけに見映えのする制服を着ていたということだ。

そもそも、わたしは州警察の警官に制服を着せることには反対だ。とくに見てくれのいい警官に見てくれのいい制服を着せることには断固反対する。それは連中に、こざっぱりとした身なりからくる権威のようなものを与えて、あいつらの口調に〝おれさまがその気になりゃ、あんたなんか一生ブタ箱で過ごすことになるんだぜ〟式のこしゃくな響きが混じる原因となるからだ。連中には、できることなら全員、三つボタンの背広を着せて、どぶねずみ色の小汚いフェルト帽をかぶらせておきたい。権力の側に立つ者には、これと定めた獲物を追跡するに際して、いくらか滑稽で、いくらか貫禄に欠けた恰好をさせるべきなのだ。そのぐらいしていれば、あの連中も、謙譲という崇高にして類《たぐい》まれなる美徳に与《あずか》ることができるかもしれない(これについては、一般市民に対して腰の低い私服刑事の名前をひとりでも挙げることができれば、もっと自信を持って断言できるのだが)。

もちろん、こうした考えはすべて、後知恵である。わたしは件《くだん》の警察官にこってりと油を絞られ、それに対していたって控えめに二言《ふたこと》三言《みこと》、怒鳴り返しただけである。先方は、わたしの一九三八年度の運転免許証は二日前に失効していると指摘してきた。そして、きっとこの先、うちに帰り着くまでには、まだまだ何度も州警察の警察官に呼び止められて、そのたびに召喚状を手渡されることになるだろう——それぞれ出頭先の裁判所が異なる召喚状を、と抜かしやがった。そやつから召喚状を受け取り、車を出しながら、わたしはささやかなわが家をヴァーモントに構えることを夢想しはじめた。コネチカットはわたしを愛していない。それは疑う余地のない事実である。そう、愛していれば、西はウォーターベリーから東はレイクヴィルにいたるまで、広範に点在するそちこちの裁判所に、わたしが生まれて初めて犯してしまった、それもごくごく些細な違反行為を(そして、それは、今や読者諸氏もよくご存じのように、わたしが連中の仕掛けた罠にまんまとはまってしまった結果でもあるというのに)裁かせるなどという理不尽な仕打ちはできるわけがない。

その晩、寝床に就くとき、わたしは例の州警察のお巡りに向かってひと言、言ってやることにした。ちょうど、ほかのお巡りたちのことを持ち出して、わたしを脅しにかかろうとしたので、こう言ってやったのだ——「この車を運転しても差し支えないって許可書なら、ちゃんと持ってるよ。厳しいテストに合格して手にいれた免許証が（本当は厳しくもなんともなかったのだが）。ほら、今、あんたが持ってるそれだよ。おれはただそいつを更新するのを忘れただけだ。おれが犯した罪はひとつ、コネチカット州に対して三ドル借りになってるってことだけだ」

それから、勢いに乗って、痛烈な非難に転じた。車輛登録料を二月に払わせておいて、その車を運転する資格を得るための手数料は三月まで払わせない州のやり口について。だんだん調子が出てきて、そのうち聞く者の胸を揺さぶる、まさに滔々《とうとう》たる懸《けん》河《が》の弁と呼ばれてもおかしくないぐらいの弁舌を振るうにいたった。あの〝会計上の不調法〟という文句をひねりだしたのも、どうやら、そのときだったようだ。今にして思えば、それでよかったのだ。あの州警察のお巡り君と実際にやりとりをしているときに、そんな文句を思いつき、それを口にしていれば、今ごろわたしはレイクヴィルの刑務所のなかだ。あるいは、口にした時点で、顎の骨を粉々に砕かれていたことだろう。

しかしながら、わたしとしては、本件をこのままにしておくつもりは断じてない。実は、軽妙にして洒脱な復讐計画を練りあげたところだ。州警察の警官に呼びとめられた翌日、わたしは裏街道伝いに――オハイオ州の人間のふりをして――ハートフォードまで出向き、一九三九年度の免許証を手に入れてきた。新しい免許証には例によって、翌年の更新申請のための、まだ空欄のままの書式がくっついてきた（『本申請用紙は一九四〇年三月二十日、もしくはそれ以降に郵送のこと』）。それを仔細に検分した結果、わたしは以下の注目すべき記述を発見した――『前年度内になんらかの肉体的、もしくは精神的な疾患により車の運転に支障をきたすようになった場合は、当局にその旨通知しなくてはならない』。わたしの復讐計画とはきわめて単純だが、悪魔のように残酷なものだ。ハートフォードの例の男宛てに、みみずののたくったような、それでもどうにか判読できる文字で手紙を書くのである。書き出しは「拝啓」としよう。

「一九三九年度の運転免許証を取得したのち、わたしは精神に異常をきたしました。正気の度合いを比べるなら、猿のほうがまだしも正気ではないか、というほどの重症なので、ご要請のとおり、ここに通知いたします。今後、わたしとしてはあなたを待ち伏せし、車にて轢《ひ》き殺す所存です。わたしから逃げようとするのは無駄な努力だということを申し添えておきます。警察に通報なさった場合は、あなたの秘書を轢き殺します。運転中、赤信号に引っ掛かった場合は、その都度、靴箱に詰めた五千ドル分の紙幣を、車の窓からそとに投げ落としていただきます。その際、使用する紙幣はすべて、三ドル紙幣であること、それが条件です」。そして、最後に署名する――「第三九〇二〇九〇号」とだけ。最終的にはおそらく捕まってしまうだろうが、きっと愉《たの》しいと思う。いや、こうして考えているだけで、すでにかなり愉しませてもらっている。想像しているだけで、あっという間に時間が経《た》ってしまうのだ。ハートフォードの例の男がわたしの手紙を開封し、顔面蒼白になり、思わず椅子にしがみついて身体を支えながら秘書にこんなふうに言うところを――「たいへんだよ、きみ、たいへんなことになった。あの第三九〇二〇九〇号に反撃を喰らってしまった」

どうやらこれでわたしも、今や全世界の心正しき囚われ人たちがこぞって関心を寄せている、あの〝より大きな自由〟のための戦いに、多少なりともわが精力を傾注したことになるのではないか。自分ではそんな気がしている。

# なんでも壊す男

実は今、みじめな男たちが集うささやかなクラブを結成しようかと考えている。もののの修理ができたり、ものを正しく動かせたりする人には、入会資格はない。家庭内のあれこれを器用にこなせる人にも——いや、家庭内に限らず、車庫でもどこでも、ともかく何をやらせても器用にこなしてしまう人にも、同様に入会資格はない。

ぼくは生まれつき、道具というものとどうも相性がよくない。八年生のとき、毎週木曜日に工作の授業があったのだが、そこでも、ぼくがまだパン切り台を平らにするべく鉋《かんな》と格闘しているあいだに、ほかの子たちは食器戸棚やソファやピアノの最後の仕上げに取りかかっているといった状態だったが、ぼくが手に負えるのはせいぜいパン切り台までだった。工作の授業を担当していたのは、バックリーという気分屋で怒りっぽい男の先生だった。バックリー先生は大工仕事と家具造りをこよなく愛していて、ぼくがやっとの思いで仕上げたパン切り台を見せにいくと、それを手に取ってしげしげと眺めまわしたあげくこんなことを言った――「サーバーくん、きみには同情するよ。嘆かわしくて涙が出そうだ」。ぼくもぼくには同情したし、嘆かわしくて涙が出そうだった。何しろ、丸鑿《まるのみ》や鉋や刳子錐《くりこぎり》やら鋸《のこぎり》やら手斧《ちょうな》やらを使ったものだから、全身切り傷と痣《あざ》だらけだったのだ。ほかの子たちは何を使おうと、まるで無傷だったというのに。

そんなぼくでも、さすがにタイプライターのインクリボンを取り替えることだけは、かろうじてできる。といっても、その技術を習得するには二十二年の歳月を要したし、今でもときどき、もつれたリボンをほどくのに友人や隣人の手を借りなくてはならなくなる。もっと若い時分に一度、ブレーカーのヒューズを取り替えようとしたことがあるけれど、年齢《とし》を経てそれなりに賢くなった今では、もう二度とやってみようとは思わない。世間では、電気というものは犬に引き綱をつけてあるようなもので、安全に使えるよう、きちんとコントロールされている、と思われている。確かに、そのとおりだと思う。でも、それを言うなら、キングコングにも引き綱はつけられていた。巨大な猿《モンキー》で思い出した。そう言えば、ぼくは暖房機の自動温度調節装置というやつをいじる《モンキー・ウィズ》のも好きではない。毎晩ベッドに入るまえに、室温を十三度に落とすたびに、真夜中に爆発が起こって、屋根を突き破って吹っ飛ばされるのではないかと、びくびくしながら眠りに就いている。

新しいものになかなか馴染めない、ぼくのこの不器用さは、どうやら血筋によるものらしい。母方の祖母は、呼び鈴を怖がっていた。雷が鳴っているあいだは、電話の受話器を架台からはずしておいた。それに電球をはずしておくと、眼には見えないけれど、ソケットから電気が洩《も》れだし、やがて家じゅうに充満して、そこでマッチでも擦ろうものなら、それこそ地獄の果てまで吹っ飛ばされてしまう、というのである。母は、一九一三年にわが家に早々と導入された蓄音機を怖がっていた。ぜんまいをあまりぎゅうぎゅう巻きすぎると、爆発すると思い込んでいた。それから、わが家のおんぼろ車のレオを運転するときに、ガソリンを入れずに走らせてはいけない、といちいち口やかましく言っていた。ガソリンを入れないで走らせるのは車によくない、とどこだかで聞き込んできたらしい。

車について、ぼくにもわかっていることがひとつだけあるとするなら、それは車というものは、ガソリンを入れないと走らないということだ。友人知人の男たちはこぞって、車のエンジンの仕組みを説明してくれたが、説明を聞いても、ぼくの理解はそこから少しも進まなかった。車のほうも説明を聞いただけでは、少しも進まなかったことは言うまでもない。それらの講義から得た唯一の知識は、〝ディストリビューター〟なるものはどうやら〝マニフォルド〟とかいうものにおける圧力を一定に調節しているらしい、ということだけである。それでも、ぼくは車を走らせることができるし、停めることもできる。右折も左折もバックもできる。ただ、何がどうなってそういうことになるのか、それがわからない。よくわからないことにかけては、熱力学の第三の法則と同様である——もちろん、第一の法則もよくわからないことに変わりはないけれど。

そんなわけだから、当然、車にまつわる恥は掃いて捨てるほどある。祖父の年代物のロージアーから自分の三五年型フォードに至るまで、それはもうたっぷりと。イギリスで車を運転していたとき(実はこう見えて、ぼくはヨーロッパでほぼ二万五千キロという距離を運転して、あまたの困難を切り抜け、無事に生還を果たしている)、どこだかの大聖堂のある町でバッテリーがあがってしまったことがある。ぼくは整備工場に電話をかけて人を寄越してほしいと頼んだ。

しばらくしてトラックでやってきた若い整備士は、そのトラックでぼくの車を引っ張ると言った。引っ張っているあいだに、エンジンがかかると言うのである。わが家のポンコツ車のレオもそうだったから、ぼくも、そういう方法でエンジンがかかることがある、という知識は持っていた。クラッチを踏んでおいて（いや、離しておいて、だったかな？）急に離すと（もしかすると、急に踏むと、だったかもしれない）効果があるということも知っていた。ぼくの車はロープでトラックにつながれ、こうしてトラックの先導でぼくらの道行きがはじまった——イングランドのゆるやかな谷間を抜けて、いくつもの丘を越えて。

四百メートルぐらい進むたびに、整備士の若者はトラックを停めて、ぼくの車のところまで引き返してきて、どこに問題があるのかを調べた。ボンネットを開けて内部《なか》をのぞき込み、車のしたにも潜りこんだ。それでも異常は見つからなかった。十キロほど走ったところで、整備士はトラックを降りてきてこう言った——「ギアはどこに入れてます？」。その瞬間、ぼくは己の敗北を悟った。そもそもギアを入れていなかったのだ。ニュートラル・ポジションのままだったのである。整備士の若者は黙ったまま、ぼくをじーっと見つめた。腹を立てているわけでも、恨んでいるわけ

でもなさそうだった。傷ついたと言いたいわけでもなさそうだった。ただ、若者のその眼を見たとき、ぼくはきっとあのコルテス[1]も太平洋に到達したときには、こんな眼をしたにちがいないと思ったものだ。

おかげで今ではぼくも、車というものはギアがニュートラル・ポジションのままでは、エンジンがかからないということを知っている。でも、どうしてそうなるのか、その仕組みはいまだにわからない。始動機《セルモーター》がついている場合は、ギアがニュートラル・ポジションでもエンジンはかかるそうだが、そんなことはぼくの知ったことか、である。

いちばんの赤っ恥は、ある日、コネチカットでエンジンがオーヴァーヒートしてしまったときのことだ。温度計の赤い液体は、もう少しでいちばんうえの目盛りに達しそうなほどの過熱状態だった。手近なところにあった整備工場に乗りつけ、整備士にかくかくしかじかだと状況を説明した。そして車から降りて、そとから車内をのぞき込み、ダッシュボードに眼をやった。つまり、いつもとはちがう角度からダッシュボードを眺めたわけだ。

そこで、原因と思われるものを発見した。いくつかある計器のひとつの針が152

という数字のあたりを指していたのである。「おい、おい、おい」とぼくは整備士に言った。「あれはあんなに高くちゃまずいよ。だろう?」(ぼくは整備士と話をするときには、常日ごろからわざと多少乱暴な口をきくよう、心がけている。車については世間の男並みの、それなりの知識を持ち合わせていると思ってもらえるように)。整備士は怪訝《けげん》そうな顔をして、ぼくのことをじーっと見つめた――そう、あのコルテスの眼で。そして、ひとしきり見つめてから、こう言った。「お客さん、あれはラジオのダイアルですけど」

そう、確かに。ただ、ぼくがわかっていなかっただけである。速度計を見ているつもりが、二回に一回は油圧計を見ていて、なんだ、時速二十七キロしか出てないじゃないか、などと思っていたのである。

クリスマスの贈り物として貰《もら》ったもののなかに、最新式のしゃれたソーダ・サイフォンがあった。もちろん、取扱説明書もついてきた。その後ずっとしまいこんだま

1　エルナン・コルテス(一四八五~一五四七年)。カスティリャ出身の征服者(コンキスタドール)。メキシコ高原にあったアステカ帝国を征服。その後バハ・カリフォルニア半島の探検に加わり、一五三九年カリフォルニア半島の存在を確認する。

まになっていたのだが、つい先日、思い立ってその説明書を引っ張りだしてきて眺めてみた。たぶん、そのときのぼくは、ご婦人方が動物園の蛇を見るときのような眼をしていたと思う。

取扱説明書に書かれていた使い方の手順の、最初から三番めまでは単純でしごくわかりやすかった。ところが、四番めから俄然《がぜん》、うさんくさくなった。こんなことが書いてあったのだ――《スーパー・チャージャーを所定のポジションにセットします。細いほうが外側を向くようにしてください（図C参照）。セットしたら、チャージ・ホルダーのキャップをもとどおりに締めなおします。その際に、無理やり力任せに締めないようお気をつけください》

説明書を書いた人は知らないだろうけれど、ぼくがまず最初に試してみるのは力なのだ。〝知恵の輪〟をはずすときにも、オリーヴの瓶詰めの蓋を開けるときも、そのほかどんなときにも、まずは力任せにやってみるのである。技術者や整備士や義理の兄や隣人は、その手のことをするときも、悠然と落ち着き払って、いとも簡単にやってのけるものだが、ぼくはすぐに慌てふためいてしまう。真っ暗な部屋で誰ともわからぬ相手に、いきなりつかみかかってこられたときのように。そして、気づいたときには、意のままにならない物体を床にねじふせ、そいつの胸ぐらに膝頭をあてがい、ぐいぐいと締めあげている。で、ほどなく、めりっ、とか、みしっ、という鋭くも不吉な音がして、そいつもまた屋根裏部屋送りとなるのである。屋根裏部屋には、そんな一方的な格闘でぼくに骨をへし折られた物たちが死屍累々《ししるいるい》と積みあげられている。精神分析医ならきっと、ぼくは心の奥底ではそうした物を身のまわりに置きたくないと思っているので、使えるようにするふりをして壊してしまうのだ、とでも説明をつけることだろう。精神分析医の言うことは、たいてい正しい。

だが、まあ、ひとまず話をソーダ・サイフォンのことに戻そう。説明書の使い方の手順の六番めには、こう書かれていた――《チャージング・ボタン（図DのA）を押し、スーパー・チャージャーからサイフォンに炭酸ガスを注入します。チャージング・ボタンを押すときは掌の付け根で押し込むか（図E参照）、もしくは掌全体で軽く叩くようにしてください。手で押すよりも、キッチンの流し台やテーブルの縁《へり》に押しつけるほうが簡単な場合もあります》

とはいえ、この最新式の機器をぼくは何を隠そう、実際にはまだ使ってみていない。その勇気を今ひとつ奮い起こせずにいるのである。このソーダ・サイフォン、見たところ、使う人の十人ちゅう九人までの言うことはちゃんと聞きそうだが、ぼくが使うとなると、おいそれとは言うことを聞いてくれそうになく、さんざんねばられて、結局は引き分けということになるのではないか、という嫌な予感がするからだ。製造元は来年の説明書にこんな一文を書き加えるかもしれない――《コネチカット州ウッドベリーのサーバー氏によれば、サイフォン本体を両手でしっかりとつかみ、キッチンの料理用コンロに思い切り叩きつけるほうがより簡単だとのこと。グループFを参照。写真の切り傷から血を滴らせている人物がサーバー氏》

　十二歳のとき、叔父から小型の箱形カメラのブローニーを貰った。世界一、単純な構造のカメラである。もちろん、取扱説明書がついてきた。ぼくは恐る恐る説明書を開いて《フィルムの入れ方》という項目に眼を通した。「手順その一――スプール・ピンをはずす」と書いてあった。その瞬間、ぼくは己の敗北を悟った。そこを読んだだけで、すぐにぴんと来たのだ、ぼくにはスプール・ピンをはずすどころか、そもそもそれを見つけることすら、できないだろうということが。カメラは通りすがりの男の子にくれてやった。八歳の小僧っ子だったが、スプール・ピンをはずすぐらい、目隠しをして二股手袋《ミトン》をはめていても、楽々とやってのけることだろう。ぼくにはそれがよくわかった。

この世の中は、機械化が進み、あちこち機械だらけで、ぼくのような人間には住みにくいことこの上ない。ぼくの今の願いは、天国には天使が奏でる竪琴よりも複雑な装置がありませんように、ということに尽きる。それから、できることならば、翼つきの整備士もいてほしいと思っている。ぼくが自分の竪琴相手に一方的な格闘を演じて、そいつの骨《ネック》をへし折ってしまったときのために。

「ザ・マン」一九一四年掲載

## 放送本番中、緊張しないためには

生まれて初めてラジオ番組に出演することになった日の夕方、ぼくはエレヴェーターに乗り、スタジオのある十七階に向かっていたのに、まちがって十六階で降りてしまった。エレヴェーターを待つほどのことはないと考えて、階段で十七階まで駆けあがることにした。放送局の入っている建物のエレヴェーターはだいたい、でっかいチェロを抱えたちっこいイタリア人の音楽家連中で混みあっているものと決まっている。それに、そもそもこちらが『上』のボタンを押して待っているというのに、眼のまえで止まるエレヴェーターの運行係はおしなべて「下にまいります」と言うもので、はっと気がついたときにはこちらは一階に降りてきていて、最初に上階《うえ》にあがっていったときにロビーの受付にいた男に入館許可証を渡してしまっているので、もう二度と上階《うえ》には戻れない、ということになっているのである。

　ぼくは十六階の『階段室』と表示の出ているドアを見つけ、暗く冷たい階段室に足を踏み入れると、一階分の階段をのぼった。階段室から十七階に出ようとしたが、十七階のドアは開かなかった。午後七時を過ぎたので、ビルの管理規則により施錠されてしまったのだ。急いで十六階に引き返してみたけれど、十六階のドアも開かなくなっていた。ぼくはドアを叩いた。蹴ってもみた。ようやく、遠くのほうから、かすかに声が聞こえてきた――「やめろっ、うるさいっ！」という声が。残された途《みち》は、階段を使って地上階まで降りること、それしかなさそうだった。ぼくは十五階分の階段を降りた。ところが、地上階のロビーに出るドアも、施錠されていた。おまけに金切り声を張りあげようが、拳を固めてドアを連打しようが、誰も応えてくれなかった。金切り声やドアを連打する音は、放送で食っている連中が謂《い》うところの、〝放送事故〟扱いなのだ。

　仕方ないので、もう一階分の階段を降り、薄暗くて陰気くさい地階でエレヴェーターを探した。エレヴェーターは見つかったが、エレヴェーターを呼ぶための押しボタンがどこにも見当たらない。ぼくはそばにあった古ぼけた椅子に腰かけ、エレヴェーターが降りてくるのを待った。エレヴェーターが降りてくると、運行係の男はぼくの姿を見てぎょっとした顔になり、入館許可証の提示を求めてきた。今は持ってない、と言うと、運行係の男はしばらく考え込んでから、あなたがここにいることをヘイマンさんは知っているのか、と訊いてきた。たぶん知らないと思う、とぼくは答えた。これが相手の警戒心を大いに刺激してしまったようだった。入館許可証を持たずに地階に降りることはまかりならぬ、というのである。それでも、運行係の男は、今後は充分に注意してくださいよ、と教えを垂れたのち、ぼくをエレヴェーターに乗せ、十七階まで送り届けてくれた。

だが、十七階には事情のわかる人がひとりもいなかった。どの人も礼儀正しくて、ぼくの説明を一生懸命聞いてはくれたけれど。彼らが言うには、十七階は事務部門が占めていて収録スタジオどころかマイク一本ないとのこと。ぼくが向かうべき先は、どうやら二十七階らしい。二十七階のフロアで、ようやく見覚えのある顔を見つけたものの、誰も彼もやけに忙しそうだった。勘違いをやらかして、指定されたのとはちがう日に来てしまったのかもしれないと不安になった。椅子に坐って待つことしばし、ひとりの男がやって来て、ひょっとして〝もうお一方〟というのは、そちらさんのことでしょうか、と問いかけてきた。さあ、どうだろう、よくわからないけど、と答えると、一緒についてくるように言われた。案内されたオフィスには、顔見知りのスタッフ数人と友人数人が集まっていて、放送中、マイクのまえで倒れて死んだ男のことを話題にしていた。スタッフのひとりが、そんなできすぎた話があるか、と言っていた。真相はどうやら、脳卒中の発作を起こして倒れただけで、死んだわけではなかったらしい。

ほどなく、ぼくはまた案内役に先導されて儀式ばった隊列に加わり、しずしずとスタジオに向かった。人に心細さを覚えさせる狭苦しい小部屋で、分厚いカーテンが引かれ、しんと静まり返っている。とりあえず一服しようとしたとき、『スタジオ内禁煙』の表示が眼に入ったので、取り出しかけた煙草《たばこ》をまたしまった。ガラス板で仕切られた調整室に陣取った連中が、こちらに眼を向けはじめた。唇が動いているので何か言っているのはわかるのだが、ただのひと言も聞こえてきやしない。男がひとり、足音を立てないよう、抜き足差し足で入室してきて、ぼくと握手を交わし、また抜き足差し足で出ていった。そいつはそれきり戻ってこなかった。

スタジオには、いわゆる普通のスタンドマイクが置いてあったので、ぼくはそれに近づいた。以前にも一度、いや二度ほど、その手のマイクのまえでしゃべったことがあったので、多少は慣れていると思ったからだ。だが、どこからともなく現われた誰とも知れぬ人物が、ぼくをスタンドマイクから引き離し、今夜はテーブルマイクを使うことになっていると宣《のたま》うではないか。そのほうが緊張しなくてすむでしょう？　というわけだ。テーブルマイクとはつまるところ、ちょうどカードテーブルぐらいの大きさの台のど真ん中から何喰わぬ顔でにょっきりとマイクが鎌首をもたげている代物を指すらしいことが判明した。こちらに向けられたマイクの頭は、どことなく灰皿に似ていなくもない。その計算され尽くした無駄のなさに、ぼくはそこはかとなく緊張を誘われた。そのことをそばの男に訴えた。「大丈夫です、気を楽にもって」とその男は言った。

ぼくは台のまえに立つと、両手で左右の角をぎゅっとつかみ、マイクに顔を近づけた。そこでまた、どこからともなく現われた誰とも知れぬ人物に捕まえられ、「だめ、だめ、ちがいます」と言われてしまった――「ちゃんと椅子に坐ってください。普通にテーブルに向かえばいいんです。ふだんテーブルにつくときのように」。ぼくは椅子に坐った。ふだんテーブルにつくときに、とりわけ、ほかに誰もいないカードテーブルにつくときにどんなふうに坐っていたか、思い出そうとしながら。「肩の力を抜いて」誰とも知れぬ人物が言った。明らかに命令口調だった。

ぼくは椅子の背に身を預け、放送中に必要となるメモを台のうえに拡げて、必要もないのに並べかえようとした。今度は「シーッ」とたしなめられた。「だめですよ、紙の音をさせないで。これは高感度マイクなんで、どんなかすかな音でも拾ってしまうんです。そんなふうに紙をがさがさいわせると、ラジオのまえの聴取者には滝の轟《ごう》音《おん》のように聞こえますから」

そこで今度は指先でテーブルマイクの台をこつこつと叩きはじめた。すると、あるスタッフがご親切にも自らの手をぼくの手に重ねて、その動きを止めさせた。「そういう音は、ラジオのまえの聴取者には騎兵隊が橋を渡っていくところに聞こえます」という説明つきで。「ともかく楽に構えて。いいですね」

ぼくは椅子の背にもたれて、ネクタイの位置をなおした。ラジオのまえの聴取者には、ブルドッグから革の首輪をはずした音に聞こえたことだろう。

少しして、アナウンサーが入室してきて、準備が整ったのでいつでも行けますよ、と言った。「わかりました」と言って、ぼくは素直に席を立った。「それじゃ、出かけましょう」

アナウンサーの男は落ち着き払った笑みを浮かべると、そういう意味ではないと言った。番組を始めましょう、という意味だそうな。アナウンサーの男を残して、スタッフは全員、スタジオのそとに出た。ぼくはもう一度、テーブルマイクのまえに坐りなおした。スタジオから引きあげていった連中が揃って、調整室からこちらにじっと眼を凝らしているのが、ガラスの仕切り越しに見えた。そのうちのひとりが勢いよく片手を振りあげ、その手をまた勢いよく振り降ろした。次の瞬間、シューッという音とともに、スタジオ内に致死性のガスが噴き出してくるのではないかと思ったが、もちろん、そんなわけもなく、アナウンサーの男がしゃべりだした。じっとしていられなくなって坐りなおそうとしたとたん、椅子がかすかに軋みをあげた。ラジオのまえの聴取者はたぶん、アナウンサーのなめらかな語りとともに、荷馬車が崖から転落していく音が聞こえたにちがいない。アナウンサーの男は最後にこちらを指さした。ぼくは弾《はじ》かれたように背筋を伸ばし、眼のまえの灰皿に向かってしゃべりはじめた……

番組が終わると、調整室にひしめいていた連中がまたしても一同打ち揃い、小声で囁《ささや》き交わしながら抜き足差し足でスタジオに入ってきて、枠におさまりきらなかったのはほんの五秒だけだと言って、ぼくの健闘を讃《たた》えてくれた——五秒オーヴァーというのは、初めての挑戦にしては悪くない数字らしい。ちなみに、最も優秀な記録は〇・〇〇二秒だそうだ。

ぼくは椅子から立ちあがり、席を離れた。スタジオから出ようとしたとき、うしろからついてきたスタッフに腕をつかまれ、「どちらにいらっしゃるんです?」と尋ねられた。「みんなで街に繰り出して、一杯やろうと思って」とぼくは答えた。「でも、そんな時間はありませんよ」と男は言った。「今のは、まだリハーサルですから」

それを聞いた瞬間、どうやらぼくは恐怖のあまりすくみあがってしまったらしい。そのスタッフがなだめるように「大丈夫です」と言ってきたから。「ゆったりと楽な気持ちでいけばいいんです。時間はたっぷりあります。そのあいだに緊張をほぐしましょう」男はそう言うと、腕時計に眼をやった。「大丈夫、あと四分ありますから」

「ニューヨーカー」一九三四年五月五日号掲載

# 本棚のうえの女

十二年ほどまえのある日のことだ。「ニューヨーカー」誌のために描いた四枚の作品をごっそりボツにされた、さる漫画家が編集長のハロルド・ロスのオフィスに怒鳴り込んできたことがある。

「どういうことなんです?」漫画家は語気鋭く詰め寄った。「ぼくの作品をボツにしておいて、サーバーなんて五流の作家の絵を載せるなんて」

わたしの親友にして仕事熱心な雇い主でもあるロスは、たちどころにわたしの擁護にまわった。「五流? 三流のまちがいでしょう?」ことばつきは穏やかだったが、いつもはどこまでも落ち着き払っている灰色の眼がぎらりと剣呑《けんのん》に光ったものだから、件《くだん》の漫画家はそそくさと退散してしまったそうだ。

ロスだけは例外だったが、わたしが描くものに対する編集者諸氏の関心は、美術評

こんなに平和に暮らしてきたのに、リーダ、
きみは気が狂いそうだって言うのかい？

論家としてというよりもジャーナリストとしての視点からのものであることが多い。彼らが知りたがるのは、往々にして、わたしが月明かりで作品を描いているとか、あるいは水中で描いているという噂は本当かというようなことで、わたしがちがうと答えると、とたんに興味をなくしてしまう。そして、そのうち、サーバーは古いトランクに入っていた絵を見つけてくるらしいとか、絵を描いているのは甥っ子でサーバー本人はそこにキャプションをつけているだけらしいという噂が流れはじめると、また関心を示すのだ。

ある日、何枚かの原画を床のうえで、あっちにやりこっちにやりしていたときのことだ（ちなみに、わたしは作品を床のうえで描くことはない。このときは原画を並べて、ああでもない、こうでもないと、突《つつ》きまわしてみていただけだ）。気がつくと、原画はなんとなく五つのグループに――といっても、区別があるような、ないようなものだが、分かれていた。もしかすると、無意識のうちに、自分でそんなふうに分けていたのかもしれない。

自分の絵について文章を書くのは、かねてよりどうも気が進まなかったし、今も進んで書きたい気分ではないが、ふと、書くなら今がいいかもしれないと思いついた。

今は誰もが忙しがっている時代である。そういうときなら、何か物したところで、ひっそりと誰の眼にもとまらず、穏便に事をすませてしまえるのではないか、と気づいたのである。

そこで、まず第一のグループについて。これは、名づけるなら、かの〝意識の流れ〟ならぬ〝無意識の流れ〟もしくは〝不安の流れ〟グループになるだろう。このグループの代表的な作品としては『こんなに平和に暮らしてきたのに、リーダ、きみは気が狂いそうだって言うのかい?』が挙げられる。それから、簡にして要を得た、威厳に満ちた『わが家』というタイトルの作品。これらの作品は制作者がほかのことを考えながら描いたもので（この点については、その道の専門家から相違ないとの保証も得ている）、従って制作者の筆は無意識によって、そしてその無意識はある程度までは潜在意識によって導かれている、ということになる。

ユング門下の学徒は、『気が狂いそうだって言う』リーダも、『わが家』の〝家女〟も、どちらもアニマというものを表現していると説く。譬《たと》えるなら水槽にいるオタマジャクシのように、すべての男性の潜在意識のなかを当《あ》て所《ど》なく漂っている女性性を、言い換えるならば支配欲を描いているというのだ。対して、それほど知性派ではない批評家は、このふたりの女はわたしが意識の世界でつきあいのある、実在の女性だと主張する。このふたつの学派のあいだには、紀元前一〇〇万年から一九三〇年代半ばにいたるまでの、気の遠くなるような膨大な時間の隔たりが存在するというわけだ。

個人的には、『わが家』の〝家女〟の正体を突きとめようとするたびに、決まってミスター・ジョーンズという人物のことを思い出さずにはいられなくなる。かれこれ十二年ほどまえのある日、この人物はわたしの仕事場を訪ねてきて、ある美術雑誌に載せるために複写をとりたいから『わが家』の原画を貸してもらえないか、と言ってきた。だが、それっきり、わたしは『わが家』の原画とは、ついぞ再会を果たせずじまいである。長身で、どこに出しても恥ずかしくないようなきちんとした身なりをしていて、なんとなく哀しそうな顔つきの男だった。話しぶりも丁寧で、つい知りあいになりたいと思ってしまうような、紳士といってもよさそうな人物だった。

第二のグループは、フロイト一派とこれまた気の遠くなりそうな膨大な空間――具体的に言えば〝純粋なる偶然理論〟と〝無計画のなれの果て論〟という両頭のあいだの隔たり――に行き着く。偶然とは予知不能のものとするのか、あるいはわれわれは誰しもそれぞれの行動様式の囚人であると考えるのか、それについてはここで論ずる

わが家

には、あまりにも規模が大きく、また、あまりにもつかみどころがなさすぎる。そこで、第二のグループについては、これに含まれる作品をひとつずつ取りあげて、それを描くにいたった事情を説明するにとどめ、作品に内在するエネルギーをいかに定義するかについては読者諸氏にお任せすることにしたい。

では、まず、ベッドのうえにオットセイがいる絵（『いいわよ。だったら、そういうことにすればいいじゃない――オットセイの鳴き声が聞こえたんでしょ!』）について。これは、実はオットセイが岩のうえにいるところを描こうとしたものだ。ところが、描いているうちに、岩がベッドのヘッドボードに似てきてしまった。で、わたしはベッドを描いて、そこに夫と妻を描き、そんなふうに寝室にオットセイがたまたま迷い込んできたのと同様、期せずして、大して苦労することもなく、たまたま思いついたキャプションを添えてみた次第である。

本棚のうえに乗っている女も（『うえにいるのは最初の家内です。こっちが今の家内、現ハリス夫人です』）、もともとは階段のいちばんうえにうずくまっている姿を描こうとしたのだが、わたしには遠近法と平面にまつわる約束事やらこつやらが、どうも今ひとつ呑み込めていないものだから、階段はいつの間にやら本棚みたいになって

いいわよ。だったら、そういうことにすればいいじゃない――オットセイの鳴き声が聞こえたんでしょ！

しまい、見てのとおり、初代のハリス夫人にとっても、今のハリス夫人にとっても、また来客やハリス氏にとっても、そしてわたし自身にとっても、想像もしなかったような、なんとも気まずい結果となったわけだ。「ニューヨーカー」誌がこの絵を印刷にまわすまえ、編集部から長距離電話がかかってきて、最初のハリス夫人は生きているのか、死んでいるのか、剝製《はくせい》なのかと問い合わせがあった。わたしはこう答えた。うちのかかりつけの剝製師は、人間の女を剝製にすることはできないと言っているし、かかりつけの医者は死んだご婦人が四つん這いで身体をささえることは不可能だと言っている。従って、最初のハリス夫人が生きているのはなんら疑問のないところである——わたしはそう言ったのだった。

酒場で肩車をされている男(『おい、何度言わせる気だ、めざわりだからとっとと消えてくれ——あんたも、あんたのその〝お馬《んま》さん〟も』)は、当初は腹を立てて怒鳴っている男の隣に立っているように描くつもりだったのだが、頭を描いたときに、位置が高くなりすぎ、しかも顔が小さくなりすぎてしまった。そのまま身体のほうまで描いていけば、身の丈三メートルはあろうかという大男になりそうだった。別の男に肩車をされていることにしたのは、わずか三十二秒間の出来事だ。実に単純な(あ

うえにいるのは最初の家内です。こっちが
今の家内、現ハリス夫人です。

おい、何度言わせる気だ、めざわりだから
とっとと消えてくれ——あんたも、あんた
のその〝お馬《んま》さん〟も。

この子たちのパパの飼い主のご家族ったら、パッカードなんか乗りまわしちゃってるんですの。

るいは、見方によっては、実に複雑なとも言える）ことである。この作品に表われているかもしれない心理的要因については、前述したようにきわめて複雑でさぞかしこんがらがっているものと思われる。わたしとしてはここは、クロード・ソーンウェイ博士の提唱する意図的偶然——別名、条件付き失策説を取りたいと考えている。

第三のグループは、おそらく第二グループの変化形に該当するものだろう。ことによると同類に当たるのかもしれない。『この子たちのパパの飼い主のご家族ったら、パッカードなんか乗りまわしちゃってるんですの』は、当初、わんこたちだけを描くはずだったのだが、描いているうちにわんこたちの周囲に人物と室内の光景が、言ってみれば自然に浮かびあがってきて、さらには必要のなかったキャプションまで思いついてしまったものである。

『ちょっと、主人は？　うちのミルモス医師《せんせい》をどこにやったの？』のカバは、まだ幼かったうちの娘を歓《よろこ》ばせようと思って描いたものだ。描きあがってみると、そのカバの顔がどういうわけか、たった今人間をぺろりと平らげたばかりのように見えて仕方がなくなり、そこで帽子とパイプと奥方のミルモス夫人を描き加えると、あとはなんの苦もなくキャプションまで浮かんできたのである。余談ながら、娘は当時まだ二歳

ちょっと、主人は？
うちのミルモス医師《せんせい》をどこにやったの？

だったが、すぐにこの動物が何か気づいた。「あ、カバさんだ」と言ったのだ。ところが、「ニューヨーカー」誌のほうはそれほど賢くはなかったと見えて、この作品をファイルする際に〝女と珍獣〟なるタイトルをつけている。ちなみに、その当時「ニューヨーカー」誌は生まれて九年にもなっていたというのに。

第四のグループは、名付けるなら〝アイディアいただきグループ〟とでもするべきもので、このグループに属する十五点ほどの作品のなかでは、たぶん、次の一点が代表作に当たると思う。この作品(『一本《トウシエ》!』)は、本来はそのキャプションまで含めて、カール・ローズが「ニューヨーカー」誌のために描きおろしたものだった。だが、ローズ氏は写実を旨とする挿絵漫画家で、その作風があまりにも血なまぐさくて、暴力を断固否定する編集者の繊細な神経を著しく傷つけた。そこで、編集部としてローズ氏に、この作品のアイディアをサーバーに貸してやってはもらえないだろうかと頼み込んだ。わたしの描く人物なら、およそ血というものが流れているようには見えないからである。ローズ氏は快諾した。

『一本《トウシエ》!』を見た人のなかで、首を刎《は》ねられたほうの男が死んでしまっていると思う人は、おそらくいないだろう。対戦相手が、とんだご無礼をいたしました、と丁寧に

トゥシェ
一本！

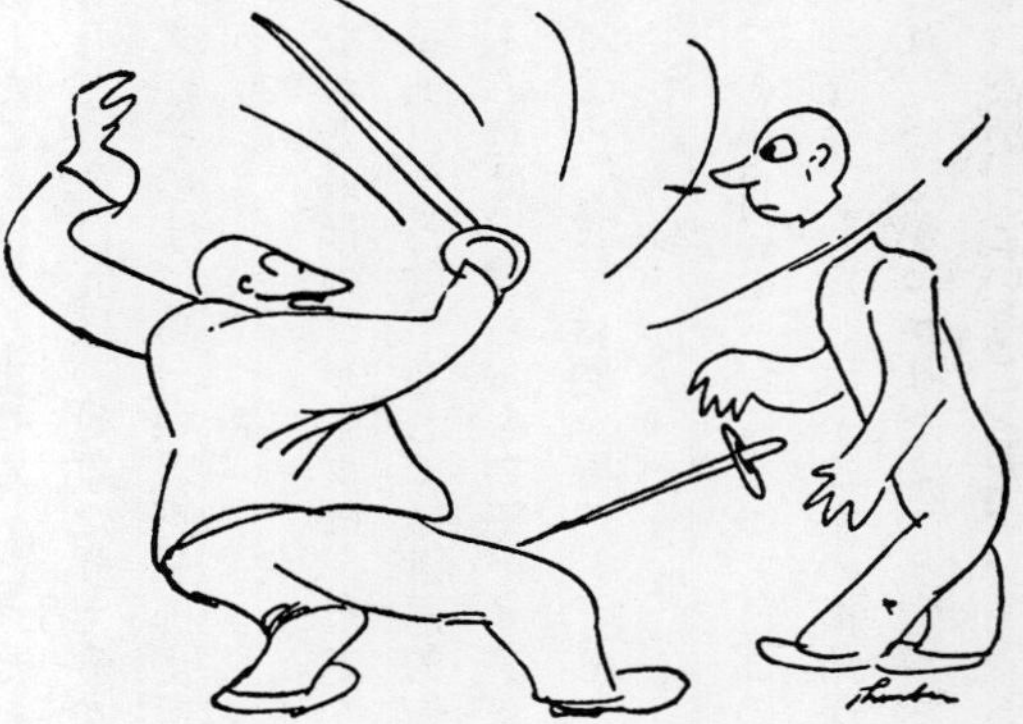

謝って首を返せば、迷惑をかけられたほうの剣士も首を元どおり左右の肩のあいだに乗せながら「いや、大したことはありません、どうぞお気になさらずに」とでも言いそうではないか。こうして、死は冗談の対象たりえるか否か、という長きにわたる論争には、カール・ローズがそのすばらしい着想を携えて現われたのちも、なんらの決着もついちゃいないのである。

第五のグループ、すなわち最後のグループは、たぶんそう言っても信じてはもらえないだろうが、なんとまあ、作為的、もしくは計画的作画グループと称することができるものだ。ここにある二点は、どちらもアイディアが先に浮かび、わたしは思いついたキャプションに合うよう、まずは腰を降ろし、じっくりと落ち着いて下絵を描いた。ひょっとすると、『ええ、あたしだってがっかりですよ。うちじゅうみんな、がっかりしてるんです』の場合にも、例によって外部のエネルギーが微妙に作用していたのかもしれない。つまり、わたしはどこかの街角なり、誰かのパーティーなりで夫が妻に向かって「おれだってがっかりだよ」と言ったのを小耳に挟み、それが記憶に残っていたのかもしれない、ということだ。

だが、それは、ウサギの顔をした医者と女の患者の作品については当てはまらない。

ええ、あたしだってがっかりですよ。うちじゅうみんな、がっかりしてるんです。

この場面とキャプションは、ある晩、寝床のなかでふと思いついたものだ。まあ、考えようによっては、この着想も医者の診察室なりウサギ小屋なりで得たものだと考えられなくもないのかもしれないが、当のわたしはそうは思っていない。

お望みなら、これらの絵をこの本から切り抜いて床に並べ、ああでもない、こうでもないとあちらへやり、こちらへやりして、読者諸氏独自のグループ分けを行なうとか、それぞれの作品について各自なりの心理分析を試みるとかしていただくこともできるだろう。なんなら、新たな噂のひとつやふたつ、こしらえあげることもできなくはないと思う。だとしても、これは個人的見解ではあるが、そんなことをするよりは、昼寝をするほうが、きっとはるかに愉《たの》しい。炙《あぶ》り焼きにしている肉に肉汁をかける、とか、セントラルパークの貯水池の周囲をジョギングするというのも、お薦めである。

誰を見ても顔がウサギに見えるとおっしゃいましたね。いいでしょう、詳しく説明していただけますか、スプレーグ夫人？

# 解説

青山　南
（翻訳家）

アメリカには「ザ・ライブラリー・オブ・アメリカ」という小型だが堅牢な造本の文学叢書がある。紙のカバーをはずすと表紙は布製で背文字は金。本文の紙は辞書の紙のように薄くて強靭で、アメリカの本ではめったにお目にかかれないしおり紐がかならずついている。アメリカの本の場合、時間がたつと、ハードカバーだろうがペーパーバックだろうが、開くとバリバリと割れるようなことがよくあるのだが、これはじつにしっかりした製本なので、そういうことはまずない。

この叢書がスタートしたのは一九八二年のことで、批評家のエドマンド・ウィルソンの遺志を実現したものだった。フランスにはプレイヤード叢書という小型だが堅牢な造本の文学全集があって、そのシリーズに収められることは作家にとっては文学の殿堂に入るに等しいことになっているようなのだが、ウィルソンはそんな文学叢書をアメリカでも作りたいと思っていたのである。そしてとうとう造本がそっくりの叢書が登場することになったのだが、いまではもうかなりの巻になり、メルヴィルやポーやフォークナーといった錚々《そうそう》たる面々の主要作品がずらりと揃った堂々としたアメリカ文学の殿堂になっている。

その叢書にジェイムズ・サーバーの巻が登場したときは、ちょっとしたニュースになった。一九九六年のことである。

サーバーって、それほどの作家だったの？　とみんながあらためておどろいたからではない。文学の殿堂たる叢書であるはずなのに、どっさり漫画が入っていたからである。サーバーは雑誌の「ニューヨーカー」に一コマ漫画をよく描いていた。ストーリーらしきものがある一つながりの漫画もいくつか描いていた。単著の、あるいは共著の、文章がとりあえずは主の本でも、イラストとしてかれの漫画が添えられていた。また、絵本も何冊か書いていた。

本書にはかれの漫画が入っているので、それを見ればどういう漫画を描いていたのか、おわかりいただけるだろう。また、本書には自分の漫画についての説明も（「本棚のうえの女」）収録されている。そこには「ニューヨーカー」の編集長がサーバーの漫画をどのように評価していたか、もつぎのように書かれている。

十二年ほどまえのある日のことだ。「ニューヨーカー」誌のために描いた四枚の作品をごっそりボツにされた、さる漫画家が編集長のハロルド・ロスのオフィスに怒鳴り込んできたことがある。

「どういうことなんです?」漫画家は語気鋭く詰め寄った。「ぼくの作品をボツにしておいて、サーバーなんて五流の作家の絵を載せるなんて」

わたしの親友にして仕事熱心な雇い主でもあるロスは、たちどころにわたしの擁護にまわった。「五流? 三流のまちがいでしょう?」ことばつきは穏やかだったが、いつもはどこまでも落ち着き払っている灰色の眼がぎらりと剣呑《けんのん》に光ったものだから、件《くだん》の漫画家はそそくさと退散してしまったそうだ。

ほんとうの話なのかどうか(編集長のロスなら言いそうなことではある)、サーバーがこしらえた話なのかどうか、そのあたりの判定はむずかしいが、なんとも愉快な話ではないか。

しかし、五流だろうが三流だろうが、サーバーの漫画はじつは多くのアーティストに影響をあたえてきたのである。

たとえば、日本だと、とぼけたような、クレージーなような、ほのぼのしたような、じつにユニークな漫画というか、絵というか、素晴らしい作品を描きつづけて二〇〇五年に亡くなった長新太《ちょうしんた》は、生前、サーバーから大きな影響をうけた、と語っていた。そう言われてみると、とぼけたような、クレージーなような、ほのぼのしたような雰囲気はサーバーの絵に通じるところがはっきりとある。

また、ジョン・レノンも、サーバーに影響をうけた、と生前に語っている。レノンが絵も描いていたことはよく知られていて、その業績の一端は『絵本ジョン・レノンセンス』で見ることもできるが、一九七一年九月一一日、アメリカのＡＢＣテレビの「ディック・カベット・ショー」にオノ・ヨーコといっしょに出演したときには、サーバーの絵について親しみ深そうに語っている。

ホストのカベットが「あなたの絵はジェイムズ・サーバーの絵にどこか似ていますね」と言うと、十一歳の頃から夢中で読んでいた作家が三人いる、と答えて、ルイス・キャロルとジェイムズ・サーバーとロナルド・サールの名前をあげ、「十五歳の頃は、ぼくの絵はぜんぶサーバー化していた」とまで言っているのである。「サーバー化」

とは「Thurberize」で、もちろん、レノンの即席の造語だが、そんなふうにまで言うくらいだから、そうとう夢中になっていたのだろう。あらためてレノンの描いた絵を見ると、線のつかいかたといい、とぼけたかんじ、ほのぼのしたかんじといい、「サーバー化」がうかがえる。

ところで、レノンがあげた三人は、程度の差こそあれ、みな、ナンセンスでクレージーで風刺の味わいをもった作品を得意とした表現者たちである。『不思議の国のアリス』のキャロルについてはいまさら紹介するまでもないので省くが、サールはイギリスの風刺漫画家である。サーバーとは対照的に、にぎやかに線をつかってかなりデフォルメした人間を描くのが得意だった。かれの影響をうけた漫画家たちも数多いが、一九七〇年代に「ニュー・ジャーナリズム」という言葉を流行《はや》らせたアメリカの批評家のトム・ウルフも、そうとう影響を受けていると思われる。ウルフは、絵も描ける批評家で、『そしてみんな軽くなった』という画文集では一九七〇年代の社会風俗を徹底的に風刺した絵と文を披露したが、絵の雰囲気はまさにサールのそれなのだから。

とまあ、サーバーの漫画がいかに評判と人気が高かったかについてご報告したが、しかし、そうはいっても、「ザ・ライブラリー・オブ・アメリカ」はアメリカ文学の殿堂であって、偉大な漫画の殿堂ではないのである。だから、サーバーが漫画ともどもそこに登場したことに、みな、おどろいた。そして、サーバーにおいては、文章と漫画は不可分のものなのだということに、あらためて気づいたのである。

サーバーの文章と漫画にはユーモアがあふれている、とはよく言われる。たしかにその通りだろう。しかし、ユーモアにも、健康なユーモア、不健康なユーモア、明るいユーモア、暗いユーモア、まっすぐなユーモア、屈折したユーモア、といちいちあげていったらきりがないくらい、いろんな種類がある。いったい、サーバーのはどういうユーモアなのか？

サーバーは犬が大好きだった。生涯、四〇頭以上もの犬を飼った。犬についての文章もたくさん書いていて、二〇〇一年にはサーバーの犬のファンの研究者がそれらを整理して『サーバーおじさんの犬がいっぱい』を刊行している。文章と漫画が不可分なサーバーだから、犬の漫画もたくさん描いていてそれらもその本に山ほど入っている。犬の絵は上手じゃないんだ、ブラッドハウンドまがいのものしか描けない、と謙遜していたサーバーだが、大きな耳がだらりと垂れた（本書三〇一ページに大量出現しているような）そのての犬はいまではもう「サーバーの犬」というブランドとして認知されていると言ってもいい。

そんな犬たちについて書く（描く）とき、サーバーのユーモアは健康的だ。まっすぐだ。犬について書いて（描いて）いるのが幸せでたまらないという思いにあふれたユーモアがただよってくる。

ところが、そんな犬を飼っている人間、あるいはそんな犬となんらかのかたちで関わっている人間のほうに筆がおよぶと、サーバーのユーモアは皮肉のこもったものになる。不健康、暗い、というところにまでは行かないが、犬のことならなんでもわかっていると思い違いをしている愚かな人間どもめ！　という展開になるのである。

サーバーのユーモアの質は、当たり前とはいえ、対象にする相手次第でかなり変わってくるということだ。

サーバーは、一八九四年に、アメリカ中西部のオハイオ州コロンバスに生まれた。そこで育ったときのこともよく文章にあらわれる。本書だと、「家族の絆」のパートにそのてのものが集まっているが、自分の子どもの頃を思い出して書いているときはきっと幸せな気分になれたのだろう。このての文章にただようユーモアは、ほんの少々意地悪な目がはたらくときもあるとはいえ、犬について書いているとき同様、ほんのりとした気分にさせる健康的なものが多い。

ジョン・レノンや長新太が夢中になったサーバーは、しかし、そういったユーモアをただよわすサーバーではきっとなく、ナンセンスでクレージーで風刺の味わいのあるユーモアをたたきだすサーバーだろう。神経質で病的な味すらあるユーモア、と言ってもいいかもしれない。本書だと、「傍迷惑《はためいわく》な人々」や「暴走妄想族」のパートにそのてのものは集められている。ひとの話をぜったいに聞こうとしないやつ、ひとと顔を合わせるのが怖くてしかたないやつ、頭のなかはいつもあっち行ったりこっち行ったりしているなんとも落ち着かないやつ……そういった連中の様態をさらりと描いていくのだが、このての連中は、なんでも病気にしてしまう現在ならば、病人あつかいを受けるだろう、なにやらわかりにくい病名をつけられて。

サーバーのユーモアには神経質で病的な味すらある、とさっき書いたのはそういった印象があるからだ。そのてのユーモアは、一見滑稽だが、よく読むと、けっして明るくもなく、もちろん健康的でもない。サーバー自身、幸せな気分で書いているようなことはぜったいなかったろう。

サーバーは、雑誌の「ニューヨーカー」の編集部で仕事をしていたが、ブレンダン・ギルの『「ニューヨーカー」物語』によれば、オフィスの壁やドアにはサーバーの手になるいたずら描きがいっぱいあったそうだ。犬の絵はもちろんのこと、わけのわからない絵がどっさり。そこいらじゅうの紙きれにもせかせかといたずら描きをしてはくしゃくしゃっと丸めてゴミ箱に入れていた。本書の「E・B・W」で描かれているE・B・ホワイトは「ニューヨーカー」の同僚だったが、ゴミ箱に捨てられたサーバーのいたずら描きの絵を拾いあげては、それを雑誌に掲載するべく、トレースしていたという。一コマ漫画となったそれらは、サーバー本人がキャプションをつけることもあれば、ホワイトが書くこともあった。編集長のハロルド・ロスは、ふたりを「ニューヨーカー」の顔と考えていた、とギルは書いている。

「ニューヨーカー」はロスのものであったが、この雑誌の貌《ペルソナ》はホワイト＝サーバーでなければならぬというロスの思いこみは雑誌の成功につながった。

（常盤新平訳）

しかし、それにしても、壁やらドアやら紙きれにせかせかといたずら描きをするサーバーの挙動には、なんだか、多動性障害の気配をかんじるが、いかがなものだろう。本書の最後のパートの「そういうぼくが実はいちばん……」には、困ったやつである自分のことが描かれている。

多様なユーモア。ときに暗さも混じるユーモア。そんなところからサーバーをマーク・トウェインと並べて語るファンも少なくない。「ザ・ライブラリー・オブ・アメリカ」に入って当然！　とかれらなら言うだろう。

〈参考〉
『絵本ジョン・レノンセンス』（ジョン・レノン著、片岡義男・加藤直訳、晶文社、一九七五年）
『そしてみんな軽くなった』（トム・ウルフ著、青山南訳、筑摩書房、一九九〇年）
『サーバーおじさんの犬がいっぱい』（ジェイムズ・サーバー著、マイケル・J・ローゼン編、青山南訳、筑摩書房、二〇〇九年）
『「ニューヨーカー」物語』（ブレンダン・ギル著、常盤新平訳、新潮社、一九八五年）

# サーバー年譜

※サーバーの誕生日が一二月八日のため、見出しの年齢はその年の誕生日を迎える前のもので表記しました。

一八九四年
一二月八日、本人いわく「不吉な烈風が吹きすさぶ夜」にオハイオ州コロンバスで生まれる。三人兄弟の次男。冴えない地方政治家の父と、旧家の出で活発で意思の強い母と伯母たちに囲まれて育つ。青年期までの大半を過ごした〝全員が全員を知っている〟〝中西部の大きなスモール・タウン〟は、彼の作品のモチーフでありつづけた。

一九〇一年　六歳
一時、サーバー一家がワシントンＤＣに住んでいた頃、兄弟で「ウィリアム・テルごっこ」をしていたときに、矢が当たり左眼を失明。もう片方の視力も生涯にわたって低下しつづけることになる。

一九〇三年　八歳
コロンバスのサリヴァント小学校に入学。

この年、ライト兄弟が有人飛行に成功。

一九〇八年　一三歳

ダグラス中学校に在学中、「〇年後の僕らのクラス」を書く。現実にはまったくありえないヒーローに自らを設定したもので、「ウォルター・ミティ」を思わせるもの。
この頃フォード社の大量生産により、自動車が大衆にも手の届くものになっていく。

一九〇九～一三年　一四～一八歳
イースト高校では、三年生のときクラス委員に選ばれ、優等で卒業した。

一九一三～一五年　一八～二〇歳
オハイオ州立大学に入学し、実家から路面電車で通学。予備役将校訓練課程（特定の大学に設置された、軍の将校を養成するための教育課程）・体育・科学実験があったが、視力が悪いこともあり苦労する。

一九一六年　二一歳
同級生のエリオット・ニュージェントと知り合い、サーバーはフラタニティ（男子学生の社交クラブ）に引き入れられ、内向的だったのが、活発に活動するよう変化していく。ニュージェントと共に校内新聞「ランターン」に寄稿し、学内のユーモア文芸誌「サンダイアル」では編集長を務める。

一九一八年　二三歳
オハイオ州立大学を中退。国務省（日本の外務省に相当）の暗号部員として、ワシントンDC、パリのアメリカ大使館に勤務。

一九二〇年　二五歳
帰国し、故郷で「コロンバス・ディス

パッチ」紙の記者になる。この頃、オハイオ州立大学のスカーレット・マスク・クラブ劇団にミュージカル・コメディを執筆、演出する。

一九二二年　二七歳

劇団のリハーサルで出会った〝ミス・オハイオ州立大学〟のアルセアと結婚。アルセアの支配的な性格が、後にサーバー作品に登場する〝サーバー・ウーマン〟に影響を与えたとも言われる。

一九二四年　二九歳

「コロンバス・ディスパッチ」紙を辞めて、専業の作家に。

一九二五年　三〇歳

パリへ戻り、「シカゴ・トリビューン」紙の特派員に。やがて、ニースでリヴィエラ版担当となる。

この年、ハロルド・ロスが「ニューヨーカー」誌を創刊。

一九二六年　三一歳

妻と共に六月に帰国し、ニューヨークに居を構える。「ニューヨーク・イヴニング・ポスト」紙の記者となり、特集記事を執筆する。

一九二七年　三二歳

あるパーティーでE・B・ホワイトと知り合い、「ニューヨーカー」誌の編集長ハロルド・ロスに紹介される。何度も原稿を送るもボツが続いた後、ようやくサーバーは編集者・執筆者として採用される。彼とホワイトが担当する《町の話題《トーク・オヴ・ザ・タウン》》欄は同誌の名物となっていく。

一九二九年　三四歳
最初の著書『セックスは必要か?』（E・B・ホワイトと共著）出版。

一九三〇年　三五歳
ホワイトに勧められて描いたサーバーのイラストが、「ニューヨーカー」誌に初めて掲載される。

一九三一年　三六歳
一〇月、ただ一人の子ども、ローズマリー誕生。

一九三二年　三七歳
「ニューヨーカー」一月三〇日号に掲載された〝ベッドのうえにオットセイがいる絵〟（「本棚のうえの女」に収録）で、イラストレーターとしての名声を確立。

一九三四年　三九歳
数年の不仲が続き、アルセアと離婚。

一九三五年　四〇歳
雑誌編集者だったヘレンと結婚。視力を失いつつあるサーバーの「眼」となり、原稿の整理、チェック、温かい批評で、その後もサーバーの作家人生を支えつづける。

一九三六年　四一歳
ヘレンと共にコネチカットに転居。サーバーは「ニューヨーカー」誌を辞め、フリーランスの作家になる。

一九三七〜三八年　四二〜四三歳
ヘレンと共にフランスとイギリスを旅行。ロンドン「ストーラン・ギャラリー」で個展を開催。

一九三九年　　四四歳
オハイオ州立大学の劇団のために旧知の友ニュージェントと共作で書いた『男性動物』が、ブロードウェイで上演され大成功を収める（一九四二年には、ヘンリー・フォンダ主演で映画化）。

一九四〇年　　四五歳
視力低下が深刻になり、六回も手術を受けるが、視力は回復せず。絵を描くのにツァイス社製のルーペを使うようになる。

一九四二年　　四七歳
一時的にニューヨークに戻る。

一九四四年　　四九歳
体調を崩し、肺炎と虫垂炎を起こす。

一九四五年　　五〇歳
過去一五年間の傑作を集めた『サーバー・カーニヴァル』出版。大成功を収める。ヘレンと共にコネチカットのコロニアル・スタイルの一四部屋ある家に転居。

一九四七年　　五二歳
「虹をつかむ男——ウォルター・ミティの誰も知らない別の人生」が、ダニー・ケイ主演で映画化（邦題『虹を掴む男』）、大ヒット。作中の「タ、ポケタ、ポケタ……」は第二次世界大戦中、米兵のあいだで流行語になっていたという。

一九五〇年　　五五歳
オハイオ州のケニヨン大学、続いてマサチューセッツ州のウィリアムズ大学から文学の名誉学位を授与される。

一九五一年　五六歳

母校オハイオ州立大学からの名誉学位を辞退。同大が、マッカーシズムに屈し「学問の自由を抑圧した」ことに対する抗議だった（一九九五年に、同大初の死後授与が行なわれた）。

一九五三年　五八歳

傑作集『サーバー・カントリー』出版。イェール大学から文学の名誉学位を授与される。オハイオ州の図書館協会よりオハイオ州一五〇周年勲章を授与される。甲状腺が悪化。体調不良から深酒をするようになり、気むずかしくなる。

一九五八年　六三歳

イギリスの有名風刺雑誌「パンチ」に、マーク・トウェイン以来アメリカ人として初めて木曜昼食会に招待された。このイギリス訪問の際、尊敬するT・S・エリオットと親しく話をすることが叶う。

一九六〇年　六五歳

ニューヨークのＡＮＴＡ劇場で、自作『サーバー・カーニヴァル』を原作とした同名ミュージカル・コメディに、本人役で八八回出演。

一九六一年　六六歳

一〇月初旬、ノエル・カワードの新作上演の祝賀パーティーで脳血栓で倒れる。手術後も意識は戻らず、一一月二日逝去。遺灰はコロンバスの両親の眠る墓地に埋葬される。

一九八四年
大学時代のサーバーの実家が、「サーバー・ハウス」として公開される。サーバーゆかりの品の展示と文芸活動の支援の場となっている。
一九九四年
アメリカ合衆国郵便公社でサーバーの記念切手が発行される。

# 訳者あとがき

ジェイムズ・サーバーといえば愛犬を題材にしたエッセイで知られる。今回、サーバーの短篇集を訳す機会に恵まれて、諸先輩方が訳されたものを改めて読み返してみたところ、愛犬を題材にしつつ、その周囲で右往左往する人間たちの様子やら犬を愛するがゆえの奇人変人ぶりが、またなんとも魅力的なのだということに気づいた。ちょうど、ジェイムズ・サーバーが数多《あまた》残した作品を、どういう切り口で紹介しようかと考え、迷っていたときでもあったので、ではサーバーの描く人間たち、わけても〝ちょっと困った人たち〟というくくりで選んでいこうか、ということになった。そんな経緯でできあがったのが、本書『傍迷惑《はためいわく》な人々　サーバー短篇集』だ。

サーバーの描く家族や同僚、友人知人いずれも、ずいぶんと……よく言えば個性的、はっきり言ってしまえば本書のタイトルどおり。彼の手になる短篇の登場人物もしかり。よくよく考えると、作者も含めて誰もがみな、かなりヘンな人たちだ。それなのに、読んでいると「ああ、わかる」と思ってしまう。「さもありなん」とうなずいてしまう。ヘンな人たちなのに、その奇天烈《きてれつ》で傍若無人な行動の裏には、たとえ世間には受け入れられなくともその人なりのまっとうな理屈があるのだ、と思わされてしまう。それはひとつにはサーバーの観察が鋭くて的確だからではないかと思う。実によく〝見て〟いるのだ、この人は。しかも、その眼は、公平で冷静でありながら、刺々《とげとげ》しさや意地の悪さとも、中途半端な優しさとも無縁で、対象との距離感もつかず離れず絶妙だ。「ウィルマ伯母さんの損得勘定」や「幽霊の出た夜」に登場する〝ぼく〟がそうであるように、困惑はしても断罪はしない。ウェットではないけれど、ドライすぎることもない。その冷静でほどよい眼差《まなざ》しが、ジェイムズ・サーバーという作家のいちばんの魅力ではないかと思った。

そうして鋭く観察した素材を作品に仕立てるときの、その仕立てようも、またサーバーの魅力のひとつだと感じた。たとえば、その語り口。サーバーはヘンな人のヘンな生態を活写しつつ、でも、そのおかしさを「これでもかっ！」とばかりに前面に押し立てることはしない。あくまでも控えめに、なんだか戸惑っているような、ぼやいているような語り口を用いる。訳しているあいだ、そんな文体に作者の照れのようなものを感じた。おもしろい話を提供したいのだけれど、それを声高に語るのはなんだかなあ、と半歩退《ひ》いてみせる。一種の含羞《がんしゅう》と言えばいいだろうか。「当ててごらんと言われてもねえ……」や「伊達の薄着じゃないんだよ」に多用されている、もってまわった表現もそんな照れの表われなのではないかと思う。

もしかすると、これもまた一種の照れ隠しなのかもしれないが、ジェイムズ・サーバーはありもしないことを、いかにも本当らしく書くことがうまい。まじめくさった口調で、にこりともしないで冗談を言うというのに似ている。例を挙げるなら、「虹をつかむ男──ウォルター・ミティの誰も知らない別の人生」だろうか。作中に出てくるウェブリー・ヴィカーズは、ウェブリーとヴィカーズという別々の銃器メーカーを、どうやら勝手に合併させてしまったらしい。しかも、ヴィカーズのほうは大型の重機関銃で名を知られたメーカーとのことなので、それを知る読み手が連想するのは、おそらく、嵩高《かさだか》くて、ひとりでは持ち運びもできないような、ごつい代物。そんな重量級を、いくら銃の名手といえども片手で、おまけに利き手ではない左手でも撃てる拳銃という設定にしてしまうのは、人を喰っているというか、空惚《そらとぼ》けているというか……。いかにもそれらしい医学用語も、もちろんでたらめで、分泌腺導管障害などという病名は、現在知られている限りでは存在しないし、人体の一部が黄色い菊、キンケイギクのようになる症状も確認されていない。唯一、本物の医学用語のストレプトトリコージスは、主に人間の、ではなく動物対象の皮膚科で使われる用語というおまけつきだ。

空惚けている、ということでもうひとつ。「マクベス殺人事件」に出てくるシェイクスピアの引用には、新潮文庫版の福田恆存氏の訳を使わせていただき、深く感謝申しあげている。その流麗なる名台詞をいざ引用しようとしたところ、サーバーの作中に出てくるふたつの台詞が微妙にシェイクスピアの原典とはちがうことに気づいた。本来なら「破壊の手が、その命を奪いとったのだ」「極悪非道の弑虐《しいぎゃく》、神の宮居《みやい》を毀《こぼ》ちけがし」であるはずが、頭と尻尾が入れ替わっていて「破壊の手が、神の宮居を毀ちけがし」と「極悪非道の弑虐、その命を奪いとったのだ」となっているのだ。旅先で出会ったご婦人のいいかげんな珍説を強調したくて変更したのだとしたら、なんと芸の細かい……！

日頃、照れ屋な人というのは、ひとたびスウィッチが入ると、ちょっと信じられないような暴走ぶりを見せることがあるものだが、サーバーの〝悪のり〟ぶりもなかなか堂に入っている。「第三九〇二〇九〇号の復讐」の〝わたし〟は、運転免許証の更新期限を過ぎている、と警官に指摘された出来事をきっかけに、その場では言い返せなかった反論をあとであれこれ考える……ぐらいのことは誰でもするかもしれないが、なんと免許更新制度に喰ってかかり、その不便さを糾弾し、あろうことかあるまいことか復讐方法まで考えてしまうのだから。「もしグラント将軍がアポマトックスで酣酔《かんすい》の境地にあったとしたら、南北戦争はいかに終結していたか？」は、タイトルや設定からして悪のりここに極まれりのような作品で、その暴走ぶりが実に愉《たの》しい。

そうしたサーバーの筆がいちばん冴えるのは、もしかすると自分自身のダメ男ぶりを題材にしているときかもしれない。「なんでも壊す男」「放送本番中、緊張しないためには」あたりを読むと、機械音痴で、車の運転が下手で、要領が悪くて、他人の冗談をなんでも真に受けてしまい、なんだか時流に乗りそびれてしまって途方に暮れているおじさんの姿がありありと浮かんでくる。それは自分を題材に笑いを提供することが照れくさくて、必要以上に克明に、まさに微に入り細を穿《うが》って、いかに自分がダメ男かということを描いてしまうのだと思う。だが、同時にそこには、暴走したり照れたりしている自分を、半歩退きつつ眺めている、もうひとりのサーバーもいるのではないか。ときに神経症気味に筆を暴走させながらも、そのままゴールまで突っ走ることがないのは、照れを見据える冷静さがあるから——傍迷惑な人たちを描きながら、なぜかほどよく心地よい作品を訳しながら、そんなことを思った。そういう意味では、サーバーはぎりぎりのバランスを知る、実に巧みな書き手だったとも言える。その巧みさをこれ見よがしにひけらかさない、奥ゆかしくて不器用な、ちょっと昔の大人の男だったのだと思う。

時流に乗りそびれている、という部分で、サーバーには文明批判の意図もあったのでは、と読む向きもあるようだが、個人的にはそれは少々うがちすぎではないか、と思う。もちろん、そう読めなくはない。あるいはその意図もあったのかもしれない。そもそも作品の読み方は、読者が百人いれば百通りだろう。だとしても、書かれたそのままを読み、悪のりやことばあそびの裏にひそむ、他人を断ずることなくひたすら冷静かつ丁寧に見る、作者の眼差しを感じていただけたらと思う。「本棚のうえの女」のラストを借りるなら、そのほうがきっとはるかに愉しい。世に言うヘタウマの元祖のようなイラストを眺めて愉しむというのも、お薦めである。

本書の翻訳では、多くの方にお世話になった。なかでも光文社編集部のみなさんには、あのジェイムズ・サーバーを訳すという貴重な機会を頂戴したうえに、担当の鹿児島有里さんには本書の翻訳期間中、まさに伴走者となっていただいた。折節《おりふし》に貴重な助言をいただかなかったら、もっとぶっきらぼうで退屈なサーバーになっていたにちがいない。また、ひとりひとりお名前を挙げきれないほどたくさんの方に励ましていただいたり、力や知恵を貸していただいたりしたことを、心から感謝申しあげたい。

また本書収録作品のうち、「なんでも壊す男（I Break Everything I Touch）」と「放送本番中、緊張しないためには（How to Relax While Broadcasting）」は本邦初紹介となる。翻訳者は作品の紹介者でもある、ということを考えたとき、初紹介の機会を得たことはまさに訳者冥利に尽きるとしか言いようがない。そのお膳立てをしていただいたことにも、心から感謝している。

なお、本書の訳出には以下の原書を使用したが、なかには現在では入手の難しいものもあり、そんな貴重な原書を手にできたことも幸せなことだった。その点でご尽力くださったみなさまにも、この場を借りて厚く御礼申しあげます。


＊*James Thurber: Writings and Drawings* by James Thurber（The Library of America, 1996）

＊*Thurber Country - A New Collection of Pieces About Males and Females, Mainly of Our Own Species* by James Thurber（Hamish Hamilton, 1953）

＊*My World — And Welcome To It* by James Thurber（A Harvest Book, 1969）

＊*The Middle-Aged Man on the Flying Trapeze* by James Thurber（Queens House, 1983）

＊*The Thurber Carnival* by James Thurber（Perennial Classics, 1999）

kobunsha classics
光文社古典新訳文庫

# 傍迷惑《はためいわく》な人々《ひとびと》　サーバー短篇集《たんぺんしゅう》


著者　サーバー
訳者　芹澤《せりざわ》 恵《めぐみ》

2012年8月20日　初版第1刷発行
2024年2月25日　　　第5刷発行

発行者　三宅貴久
印刷　大日本印刷
製本　大日本印刷

発行所　株式会社光文社
〒112-8011東京都文京区音羽1-16-6
電話　03（5395）8162（編集部）
03（5395）8116（書籍販売部）
03（5395）8125（業務部）
www.kobunsha.com




ISBN978-4-334-75254-5 Printed in Japan





組版　新藤慶昌堂

# いま、息をしている言葉で、もういちど古典を

長い年月をかけて世界中で読み継がれてきたのが古典です。奥の深い味わいある作品ばかりがそろっており、この「古典の森」に分け入ることは人生のもっとも大きな喜びであることに異論のある人はいないはずです。しかしながら、こんなに豊饒で魅力に満ちた古典を、なぜわたしたちはこれほどまで疎んじてきたのでしょうか。

ひとつには古臭い教養主義からの逃走だったのかもしれません。真面目に文学や思想を論じることは、ある種の権威化であるという思いから、その呪縛から逃れるために、教養そのものを否定しすぎてしまったのではないでしょうか。

いま、時代は大きな転換期を迎えています。まれに見るスピードで歴史が動いていくのを多くの人々が実感していると思います。

こんな時わたしたちを支え、導いてくれるものが古典なのです。「いま、息をしている言葉で」——光文社の古典新訳文庫は、さまよえる現代人の心の奥底まで届くような言葉で、古典を現代に蘇らせることを意図して創刊されました。気取らず、自由に、心の赴くままに、気軽に手に取って楽しめる古典作品を、新訳という光のもとに読者に届けていくこと。それがこの文庫の使命だとわたしたちは考えています。

このシリーズについてのご意見、ご感想、ご要望をハガキ、手紙、メール等で翻訳編集部までお寄せください。今後の企画の参考にさせていただきます。
メール　info@kotensinyaku.jp